双葉文庫

口入屋用心棒

手向けの花

鈴木英治

目次

手向けの花

口入屋用心棒

第一章

一

線香の煙は広い道場内を覆い尽くさんばかりだが、涙がとまらないのはそのためではない。かすんだ視野のなか、六つの棺桶が少し遠くに見える。

湯瀬《ゆせ》直之進《なおのしん》は、棺桶に近づくことができずにいる。両膝を握り締め、うつむくしかない。

六人を見殺しにしてしまった申しわけなさとあふれんばかりの悲しみが、直之進を前に進ませない。

棺桶のなかで座りこんだように体をかがめているのは、中西道場の道場主だった中西悦之進《なかにしえつのしん》、悦之進を旧主として慕っていた矢板兵助《やいたひょうすけ》、武田尽一郎《たけだじんいちろう》、巻田甚六《まきたじんろく》、長岡久太郎《ながおかきゅうたろう》、仲谷彦之助《なかたにひこのすけ》だ。

この六人は昨日、土崎周蔵《つちざきしゅうぞう》という侍に斬り殺されたのだ。

六人は以前、中西家という七百石取りの旗本家で主従だった。

五年前、御蔵役人だった悦之進の父の君之進《きみのしん》が罠にかけられ、中西家が取り潰しに追いこまれたあと、悦之進は兵助たちの力を借りてここ牛込早稲田町で道場をはじめた。

実際、悦之進が予期した以上に道場はうまくいき、兵助たちは君之進を陥れた者を捜しだそうと、これまでの五年、必死に探索を続けてきた。

直之進がそんな悦之進たちと知り合うことになったのは、友である平川琢ノ介が中西道場に師範代として雇われたからだ。

土崎周蔵は、兵助たちの探索の途上で姿をあらわした者だった。悦之進たちはその周蔵に、一刀のもとに斬り殺されたのだ。

六人が殺《や》られたのは向島にある商家の別邸だ。別邸は玉島屋《たましまや》という呉服屋の持ち物で、ほとんど空き家だった。悦之進たちは人けのない屋敷に誘いこまれたのだ。

直之進は、その別邸に入っていった悦之進たちの姿を目の当たりにしながら、様子見をした。そのために、悦之進たちを死なせることになってしまった。

ときを戻せるのなら。

直之進は唇を嚙み締めた。血が出るほどにきつく嚙んだが、このくらいの痛みでは自分を許すことはできない。悦之進たちの死にざまが脳裏によみがえる。六人とも深い傷を体に残し、おびただしい血にまみれていた。まるで枯れ木のように腕を力なくのばしていた。

悦之進たちを見かけたとき、もし即座に声をかけていたら、決してあんなことにはならなかった。死の網に搦め取られかけていた悦之進たちを、まちがいなく救えた。

しくじり以外のなにものでもない。直之進はおのれを殴りつけたかった。この場に一人だったら、まちがいなくそうしていた。

だが、まわりには多くの者がいる。朋友の琢ノ介や、直之進が今雇われている札差の登兵衛《とうべえ》、登兵衛の用心棒をつとめてもらっている徳左衛門《とくざえもん》、直之進が世話になっている口入屋米田屋《よねだや》のあるじ光右衛門《みつえもん》、その娘のおあき、おきく、おれん。

それだけでなく、中西道場の門人たちや近所に住む者も大勢集まっている。

近所の女房衆は台所で料理などの支度に忙しいが、悦之進たちの縁者らしい女たちは号泣している。道場内は沈痛な空気に包まれていた。

できることなら逃げだしたいくらいだが、そんな真似は決してできない。

直之進が犯したしくじりは、悦之進たちに声をかけなかったことばかりではない。悦之進たちの悲鳴をきいて別邸に飛びこんだ直之進は、周蔵と刃を向け合った。激しく戦ったものの、結局は周蔵を逃がしてしまった。

なんというへまなのか。これまで二十八年生きてきて、最大のしくじりだ。

あの場で周蔵を討ったところで、悦之進たちが生き返ることはない。それはわかっているが、どんなことがあっても周蔵を討ち果たさねばならなかった。

玉島屋の別邸を抜け出た周蔵は手下と思える男とともに、用意してあった猪牙舟で横川をくだっていった。

直之進は必死に追ったが、船足ははやく、距離を広げられるばかりだった。やがて三町ほども離れてしまい、直之進が追いつけないのがはっきりしたとき、周蔵は舟の上で立ちあがり、こちらを見て笑ったのだ。

今思いだしても、はらわたが煮えくりかえる。

これからおのれがすべきことは、と直之進は思った。周蔵を殺すことしかない。それ以外、欲するものはなにもない。

「怖い顔をしているな」

横から肩を軽く叩かれた。低い声だが、葬儀に似つかわしくない快活な声だ。

この声は。

はっとして見ると、又太郎《またたろう》が座っていた。直之進の顔をのぞきこんでいた。深い瞳の色をしている。なにが起きたのか、すべて覚っている顔だ。

直之進、と静かに呼びかけてきた。

「熱くなるなといっても無理だろうが、冷静でいてくれ。でなければ、六人の仇を討つことなど決してできぬぞ」

又太郎は直之進の主君に当たる。つい九ヶ月ほど前まで駿州沼里で暮らしていたとき直之進は小普請組三十石の小身だったが、不意に姿を消した妻の千勢《ちせ》を追って江戸に出てきた。千勢はあっけないほどたやすく見つかったが、復縁はしていないし、二人とも沼里に帰る気もない。

三十石という禄は、こうして単身、江戸で暮らしている今も与えられている。又太郎の命を狙った宮田《みやた》彦兵衛《ひこべえ》という国元の中老の陰謀を、見事に防いだ功によるものだ。が、又太郎の口添えがほとんどだろう。

又太郎の父親の誠興《まさおき》は死病に冒され、今、江戸の上屋敷で臥《ふ》せっている。一度、又太郎により引き合わされたことがある。墨を塗りこめたような顔色からして、とうに亡くなってもおかしくはなかったが、いまだにそういう話はきかない。かろうじて命脈を保っているのだろう。

家督はすでに譲ったようだから、今は又太郎が沼里七万五千石のあるじだ。

「殿、もう帰られるのですか」

「あと数日というところであろうな」

「さようですか」

「うむ」

又太郎が目を伏せる。そんな仕草はあまり似つかわしくない男だ。

「寂しくてならんぞ、直之進に会えなくなるのは」

「それは、それがしの言葉です」

又太郎が微笑する。

「ありがとう。だが、来年の春にはまた出府する。ほんの一年の辛抱だな。一年などあっという間にたとう」

「おっしゃる通りですが、辛抱などといわれますと、国元の者が悲しみましょう」

「そうだな。だが直之進、まこと名残惜しいぞ」

又太郎の目にうっすらと光るものがある。自分のために泣いてくれているのだ。直之進は胸がつまった。又太郎の顔をこうして見られただけで、力を与えられた気分になった。

きっと六人の仇を討ってみせる。そして、そのことが決して遠くないことであるのが実感できた。

「殿は不思議なお方にございますな」

直之進は心の底から口にした。又太郎が目の端をそっとぬぐう。

「そうかな」

又太郎が視線を移した。

「はじまるようだな」

数珠を手にした二名の僧侶が入ってきて、棺桶の前に静かに腰をおろした。

読経がはじまった。そのつぶやくような旋律を耳にしているうち、目からまた涙がこぼれ落ちはじめた。直之進にぬぐう気はない。

前のほうに琢ノ介の背中が見える。嗚咽しているようで、体が激しく震えている。

この中西道場で最も成長著しかった門人の弥五郎が、琢ノ介の横に正座している。同じようにうつむいているが、じっとしている。震えを無理に抑えこんでいるらしく、仇を討つという決意を心深くにしまいこんでいるのが背中から感じ取れた。

その気持ちは、弥五郎の胸のうちに手を入れたかのようにはっきりとわかる。だが、弥五郎は残念ながら周蔵の敵ではない。もしまともに戦ったりしたら、悦之進たちの二の舞を演じることになりかねない。それだけは避けなければならない。

やはりこの俺が、と直之進は決意を新たにした。やつを討たねばならぬ。

二

今頃、と南町奉行所同心の樺山富士太郎《かばやまふじたろう》は思った。葬儀の真っ最中だろうね。本当なら、富士太郎も参列したかった。だが仕事のほうに重きを置くことにしたのだ。

「旦那、葬儀が気になるって顔ですね」

中間の珠吉《たまきち》にいわれた。

「そりゃそうだよ」

「六人の遺骸を目の当たりにしちまいましたからねえ。あっしは心のなかで手を合わせていますよ」

「じゃあ、おいらもそうしようかな」

富士太郎は瞑目した。風がゆったりと清潔な座敷を吹き抜けてゆく。

こうして目をつむっていると、六人の死顔がまるでそこにあるかのように脳裏に浮かんでくる。

それも当然だ。なにしろ昨日のことなのだから。

六人とも顔をゆがめ、無念そうだった。無理もない。仇の一人と思える土崎周蔵の罠にはまり、返り討ちにされたのだ。

仇は、と富士太郎は思った。おいらがきっと討ってやるからね。

もちろん、自分は南町奉行所の町方役人だから、仮に周蔵を上まわる剣の腕があるにしても、周蔵を殺すことはできない。とらえるだけだ。

とらえ、獄門にする。それが自分にできる仇討だ。

富士太郎はふと、周蔵を逃がしたあとの直之進の目を思いだした。あのときの直之進は、周蔵をあの世に送ることだけを考えていた。

　直之進は、おのれのしくじりで悦之進たちを死なせてしまったと思っている。

だが、それはちがうのだと富士太郎は感じている。悦之進たちが殺されたのは、冷たいいい方になるが、寿命だったのだ。

　仕事柄、これまでたくさんの死骸を見てきたが、ここで寿命が途切れたのだなあと思わざるを得ない。

　正直いえば、昨日、悦之進たちの死骸を見たときも、同じ思いを抱いた。それは横でかしこまっている珠吉も同じはずだ。

　しかし、とも思う。悦之進たちは寿命を縮められたのだ。土崎周蔵という男によって。そう考えるだけで、周蔵に対する憎しみが心のうちでふくれあがる。

　喉の渇きを覚えた富士太郎は目をあけ、茶托から湯飲みを取りあげた。茶をゆっくりとすする。ややさめてしまったが、こくと甘みがあっておいしい茶だ。気持ちがすっと落ち着く。

「珠吉もいただきな」

　ありがとうございます、と湯飲みを手にした珠吉が目を細めて喫する。

　その姿は隠居のじいさんのようにしか見えなかった。実際、珠吉は六十に手が届こうという年寄りだ。この歳まで中間をつとめている者は滅多にいない。隠居を考えているときもあったようだが、それとときを合わせるかのようにせがれが病死してしまったのだ。珠吉の無念を思うと、富士太郎は胸が痛くなるが、それもやはり寿命ということなのだろう。

珠吉は老体に鞭打つように一所懸命に働いてくれているが、いつかは代わりを見つけなければならない。いや、いつかではない。すぐにそうしなければならない。だが、珠吉と離れるのはつらい。

「どうかしましたか」

空の湯飲みを茶托にそっと戻した珠吉にきかれた。

「ずいぶんおいしそうに飲むなあ、と思ってさ」

「ここのはおいしいですねえ。久しぶりにこんなにおいしいお茶、いただきましたよ。寿命がのびたような気がします」

「本当にそうだね」

富士太郎も茶を干した。

廊下を進んでくる足音がし、それが襖《ふすま》の向こうでとまった。失礼いたします、と襖があき、一人の男がていねいに頭を下げた。

「たいへんお待たせしてしまい、まことに申しわけないことにございます」

「いや、いいよ。忙しいところに押しかけたのはこちらだからね」

男は膝行《しっこう》するようにして富士太郎の前に進んできた。あらためて一礼する。

「いや、そんなにかたくならずに。楽にしておくれ」

「はい、ありがとうございます」

だが、男は礼儀正しい態度を崩そうとしない。もともと謹厳実直そうな感じだ。顔が四角く、眉が太い。体つきも商人とは思えないほどがっちりしている。目は柔和だが、神経質そうな色もほの見えている。

「手前が儀太郎《ぎたろう》でございます」

男が名乗った。富士太郎は名乗り返し、珠吉を紹介した。儀太郎は珠吉にもよろしくお願いします、とお辞儀した。

目の前に正座したのは、呉服屋の玉島屋のあるじだ。玉島屋は、悦之進たちの惨劇の場となった別邸の持ち主である。

どうして周蔵は、あの別邸を悦之進たちを引きこむ場に選んだのか。なにか理由があるはずだと、富士太郎は事情をききにやってきたのだ。

「はい、手前どもの別邸で、あのようなことが起き、まことに申しわけない仕儀になったものだと考えております」

「あそこは先代が建てさせたものらしいね」

「はい、さようです。手前の父親の和右衛門《かずえもん》が建てました。和右衛門はこの上なくあの別邸を気に入っておりましたが、今は残念ながら誰もまいりません。ただの空き家でございます」

「どうして誰も行かないんだい」

「あの別邸は和右衛門が道楽で建てたにすぎません。手前も向島はきらいではありませんけれど、今は行っている暇もございません」

どうやら、と富士太郎は察した。儀太郎は和右衛門とはまるで逆の性格をしているようだ。道楽者だった父をきらっているようにしか思えない。

儀太郎は見るからに、手堅く商売をしているような雰囲気を強く身にたたえている。向島の別邸など、むしろ消えてなくなればいいと思っているのではあるまいか。

父親があんなつまらないものを建てなければ、惨劇も起きずにすんだのに、というところか。

「亡くなった父親のことを悪くいうのもなんですけれど、父は根が道楽者で、とんでもない遊び好きでした。湯水のごとくというい方がございますが、まさにそういうお金のつかい方でございました。もしあのままの調子でつかい続けていたら、この店はおそらくもうこの世にないものと」

和右衛門が死んでくれて、儀太郎は明らかにほっとしている。

「向島の別邸だけど、どういう人が知っているかな」

「と申されますと？」

富士太郎は、悦之進たち六人が殺された経緯を語った。

きき終えて儀太郎が暗い顔をする。

「その六人のお侍はあの別邸に誘いこまれたのでございますか」

「そういうことだよ。六人を殺《あや》めた男は土崎周蔵というんだ」

富士太郎は懐から二枚の人相書を取りだして、儀太郎に見せた。一枚は周蔵のもの、もう一枚は周蔵が逃げる際、猪牙舟の船頭をつとめた男のものだ。これは直之進の言をもとに、奉行所の人相書の達者が描いたものだ。

「知らないかい」

二枚の人相書を手にとって、真剣な目で代わる代わるじっと見ていたが、やがて儀太郎はかぶりを振った。

「いえ、両方とも見たことのない顔ですね」

「そうかい」

人相書を受け取った富士太郎は懐にしまいかけて、とどまった。

「こっちの土崎周蔵という男はね、きっと誰かからあの別邸が空き家であるときいて、六人を誘いこんだに決まっているんだ。誰があの別邸のことを詳しく知っていたか、だからきいているんだよ」

儀太郎は戸惑った表情になった。

「いえ、そうおっしゃられましても……」

うつむき、畳を見つめる。

「たくさんの人が知っていたにちがいありません。この店の者はもちろん、あのあたりに住んでいる人たちも同じでしょう」

富士太郎は人相書を懐にしまった。

「でもおまえさん、最近行っていないんだよね。別邸のことを誰かに話したことがあるかい」

「いえ、別邸のことなどほとんど忘れていましたから」

「そうだろう。でも、あの別邸のことをはっきり頭にとどめていた者がいるにちがいないんだよ。おいらは、そいつを教えてもらいたいんだけどね」

儀太郎の眉間にしわが寄る。

「いえ、手前にはわかりかねます。父が亡くなってすでに四年たちます。その後、手前は一度しか足を踏み入れていません。父が別邸に持ちこんだ盆栽などを取りに行ったときです」

「先代は盆栽が好きだったのかい」

「ええ。眺めたり手入れしたりするのが好きと申すより、買い集めるのが好きでした」

「そういう人はけっこういるようだね。先代は、盆栽好きな人とのつき合いは？」

「あったのかもしれませんが、盆栽はあちらだけでしたので……」

「先代は別邸に住んでいたのかい」

「ええ、ほとんどこちらには戻ってまいりませんでした。むろん一人で住んでいたのではございません。妾《めかけ》と一緒でした」

「ほう、妾かい。その妾は今どうしている」

「手前は存じません。父の死とともに消えたようにいなくなりましたから」

「名は？」

眉根を寄せて儀太郎が考えこむ。

「なんといいましたか。――ああ、おまきさんでした」

富士太郎はその名を頭に叩きこんだ。

「そのおまきだけど、四年前、いくつくらいだった」

「女性《にょしょう》の歳は手前、よくわかりませんが、まだ二十歳にはなっていなかったように思います。目鼻立ちがくっきりしたかなりの器量よしでした。それはよく覚えています」

儀太郎はいかにも堅物だが、おまきという妾に対して未練を持っているように富士太郎は感じた。すでに女房持ちだろうが、意外に女には堅物でないのかもしれない。

「先代はどうやってそのおまきという女を妾にしたのかな」

「多分、口入屋でしょう」

「そうかい。懇意にしている口入屋があるのかい」

「むろんございますが、父が世話してもらったのはおそらく向島のほうの口入屋だと思います」

「そうかい」

おまきという女は、今せいぜい二十二、三だろう。それだけ美しい女なら、もしいまだに嫁入っていないとしたら妾という生業を続けているかもしれない。別邸近くの口入屋を当たれば、話をきくのにそう手間取るようなことになるとは思えなかった。

これ以上きくこともなく、富士太郎は珠吉をうながして外に出た。外はあたたかで、いい日和だ。頭上にある太陽は明るいが、光に夏の獰猛さを持つまでにはまだかなりのときがありそうだ。今は絹のようにやさしい陽射しを送ってきてくれている。

「儀太郎のこと、どう思った」

歩きながら富士太郎は珠吉にきいた。

「そうですね。少なくとも、玉島屋という店は良心とともに商売をしている呉服屋で、今のあるじは悪さをしそうにはないですね」

富士太郎も同感だ。経験豊かで眼力のある珠吉の見立てなら、まずまちがいない。

「となると、儀太郎や玉島屋の者は今回の一件に関わっていないことになるね」

「それでまちがいないとあっしは思います」

「うん、その通りだね」

「それで旦那、どこに向かっているんですかい。当ててみましょうか。別邸ですね」

「そうだよ。昨日の今日なんだけどさ、なにか見落としていないか、手がかりがないか、くまなく見たいんだよ」

玉島屋のある本所菊川町からおよそ四半刻で別邸に着いた。人けがなく、ひっそりしている。

「旦那、雨が落ちてきましたよ」

「ほんとだね」

たいした降りではないが、ここに来たらどうしてか風が肌寒いものに変わり、空が急にかき曇った。

「涙雨かね」

「かもしれませんね」

悦之進たちの魂の叫びなのかもしれない。となると、まだ成仏していないということになるのだろう。

富士太郎と珠吉は門のくぐり戸をあけて、敷地内に足を踏み入れた。

母屋をまず見た。なにもないのは昨日と変わらない。まだ至るところに血の痕が残っている。そのおびただしさに、富士太郎はここで行われたことのむごさをあらためて感じざるを得ない。

母屋のなかをすべて見てまわり、なにもないのを確かめた。濡縁から外に出て、庭をまわる。たくさんの木や花が植えられているが、花はほとんどがしおれている。手入れはほとんどされておらず、見捨てられている。

富士太郎は足をとめた。目の前に白い石が置いてある。さわってみると、つるつるして感触がよかった。

「珠吉は草花なんかに詳しかったかい」

「いえ、あっしはとんと駄目ですねえ。旦那はどうなんですか」

「実はおいらも駄目なんだよ。ろくに知らないんだよねえ。本当は知っているほうが、直之進さんも喜んでくれるんだろうけど、木とか花は子供の頃からさっぱりだねえ」

庭には草木だけでなく、多くの庭石が配置されている。苔がついているのも多く、いずれもなかなか風情を醸しだしている。

富士太郎は濡縁に戻り、腰かけた。おそらく先代の和右衛門もこうして座り、庭を眺めたことだろう。

富士太郎は、懐から二枚の人相書を取りだした。一枚を懐に戻し、もう一枚に目を落とす。

ただの絵にすぎないが、その顔を眺め続けているだけで、まるで火箸でも突っこまれたように腹が煮えてきた。

待ってな、土崎周蔵。富士太郎は呼びかけた。必ずお縄にしてやるからね。

三

「少しは落ち着いたかね」

徳左衛門にきかれた。直之進は顔をあげ、見つめた。

「少しは」

悦之進たちの葬儀から一日たった。あまり眠れなかったとはいえ、一晩を布団のなかですごしたというのはやはり大きいようで、気持ちがやや戻ってきている。必ず土崎周蔵を討つという強い思いが心にあり、それは胸を破らんばかりにふくれあがろうとしている。

徳左衛門がにこりと笑う。

「言葉だけではないようだな」

直之進は小さく笑みを浮かべた。

「ええ」

「まだ寂しげだが、笑えるようになってきただけよかろう」

その通りだと直之進も思う。

「どうだ、湯瀬どの、久しぶりにやらぬか」

徳左衛門の前には将棋盤がある。

直之進が徳左衛門と知り合ったのは、将棋相手がほしいということで米田屋の紹介を受けて、いっとき徳左衛門の家に通っていたからだ。これは、沼里の中老宮田彦兵衛に依頼されて直之進の命を狙った徳左衛門の手にすぎなかった。

直之進は逆に徳左衛門に手傷を負わせて撃退し、その後、徳左衛門の居どころを探りだした。そのとき徳左衛門を殺すこともできたが、そのままなにもせずに去った。徳左衛門は骨の髄《ずい》から殺し屋というわけではなく、治美《はるみ》という病にかかっている想い人の薬代を工面するために、殺し屋の真似ごとをしたにすぎないのがわかったからだ。いくら命を狙われたとはいえ、殺すのは忍びなかった。

今回、登兵衛という札差の警護をするにあたり、徳左衛門には直之進が請うて登兵衛のそばにいてもらっている。徳左衛門ほどの手練がいれば、直之進は、登兵衛の手下である和《わ》四《し》郎《ろう》のそばで自由に動くことができる。

直之進は徳左衛門に首を振ってみせた。

「いや、それがしは遠慮しておきます。登兵衛どのがやりたそうな顔をしていますよ」

いつしか敷居際に立ち、登兵衛がにこにこしている。

「そういうことを口にできるようになられたのは、湯瀬さま、とてもよろしいことでございますよ」

将棋盤の前まで来て、登兵衛がゆったりと腰をおろす。

「登兵衛どの、徳左衛門どののおかげだ。励ましの言葉は心にしみた」

実際、登兵衛たちがいなかったら、まだ心は沈んだままだっただろう。人というのは、やはり一人では生きていけないものなのだ。

登兵衛が柔和な笑みを漏らす。

「言葉だけなら、なにしろただですからね。それで湯瀬さまを力づけられるのなら、安いものでございますよ」

「ありがとう」

　直之進は頭を下げた。

「登兵衛どの、これから和四郎どのと一緒に出かけてもかまわぬか」

「もちろんでございますよ。湯瀬さまは、土崎周蔵を捜しに出られるのですね。周蔵は、手前どもが追っている米の安売りの黒幕に確実につながっています」

　登兵衛が一つ間をあける。

「湯瀬さまは中西さまたちの仇を討つことに重きを置いて、手前どもの仕事がおざなりになることを恐れておいでなのかもしれませんが、土崎周蔵をなんとかすることは、手前どもの利害と一致いたします。どうか、存分に土崎周蔵をお捜しになってください」

「殺してもよいのか」

「凄みのある目をされますね」

　登兵衛が直之進を見つめる。昨日の又太郎に通ずる深い瞳の色だ。

「その判断は湯瀬さまにおまかせします。湯瀬さまが殺さねばならぬ、とお考えになったら、そのときはためらうことなくそうなされませ」

「わかった。ありがとう」

周蔵を生かしてとらえることができれば、米の安売りの一件は一気に進展を見せるかもしれない。

だが、そうでなくてもかまわないと登兵衛はいってくれている。登兵衛の自分に対する信頼を見る思いがした。この信頼を裏切ることは決してできぬ、と直之進は思った。

直之進は徳左衛門に登兵衛のことを頼んでから、和四郎とともに別邸の外に出た。

ここは田端村だ。穏やかな陽射しが降り、緑が濃い風景をいっそう際立たせている。どこかでひばりが鳴いている。春の到来を待ち望んでいたのがよくわかる、いかにもうれしげな声だ。

「湯瀬さま、少しは落ち着かれましたか」

和四郎がうしろからきいてきた。和四郎は登兵衛の手下だ。登兵衛も和四郎もさして剣術の腕はないが、二人とも侍であるのを直之進は見抜いている。二人の正体は今も知れないが、二人の上にも誰かが位置しているのはわかっている。登兵衛や和四郎は、その者の命《めい》で動いているのはまちがいない。

直之進は振り返った。

「ありがとう。だいぶ落ち着いてきた。中西さんたちには悪いが、悲しんだり、申しわけなく思ったりしているだけでは先に進めぬからな。今は土崎周蔵を討つ、そのことだけを考えるようにしている」

「それがよろしゅうございましょうね。やつを討つことができれば中西さまたちの供養になりますから」

うなずいて直之進は歩き続け、護国寺の近くまでやってきた。護国寺からまっすぐに南にのびている通りには、多くの人が行きかっている。通りの両側は店が建ち並び、冷やかす者の姿も目立つ。

ここは音羽町だ。この四丁目の長屋に、妻だった千勢は住んでいる。

直之進は道を進み、路地を折れた。長屋の木戸が目に入る。どぶくささが鼻につくが、裏店はどこでもそうだ。

直之進は千勢の店《たな》の前に立った。うしろに和四郎がつく。

「いらっしゃいますかね」

「いると思う」

直之進は障子戸に向かって声をかけた。はい、と応《いら》えがあり、土間に人影が立った。直之進が名乗ると、障子戸があけられた。

「こんにちは」

千勢が笑顔でいう。色白で相変わらずきれいだ。だが、欲情がわくようなことはない。

この女と沼里で一年ばかり一緒に暮らしていたというのは、今ではもう信じられないものになっている。それだけ遠い過去のことになってしまっているのだ。もはやなんの実感もなかった。おそらくそれは千勢も同じだろう。

直之進は用件を伝えた。

「人相書を描けばよろしいのですね。わかりました。お入りください」

千勢が体をどける。直之進は、すまぬといって土間に足を踏み入れた。和四郎も続く。

長屋は一間でしかない。壁際に女の子がいる。ちょこんと正座し、直之進たちにいらっしゃいませと頭を下げてきた。

「こんにちは。お邪魔するよ」

直之進は笑顔でいって、あがりこんだ。女の子はお咲希《さき》といい、千勢が働いている料亭、料永のあるじ利八《りはち》の孫娘だ。利八はもうこの世に亡《な》い。江戸に出まわっている安い米に絡み、おそらく周蔵に殺されたのではないか、と直之進は踏んでいる。

利八が殺されたあと、お咲希は千勢の長屋に身を寄せているのだ。

利八の跡取りだったせがれ夫婦はやはり病で七年ばかり前に亡くなっており、料永を我が物にしようと欲の皮を突っぱらせた利八の姉弟であるお邦《くに》と奈良蔵《ならぞう》の二人に店は翻弄されて、この先どうなるか、まだまったくわかっていない。

お咲希が料永を飛びだしたのもお邦、奈良蔵のそばにいることに嫌気が差したからときいている。

「料永はどうなっている」

直之進は、人相書を描いてもらう前にたずねた。

千勢が首をひねる。目が少し悲しげだ。

「どうもなっていません。前と変わりありません」

言葉を濁している。お咲希にきかせたくないこともあるのだろう。

「船頭の人相書ということですけど、顔はよく覚えていらっしゃるのですか」

「顔か」

直之進は姿勢を正し、玉島屋の別邸から逃げだした周蔵の船頭をつとめた男の顔形を、眼前に引き寄せた。はっきりと覚えている、と思った。

「でも、その船頭の人相書は、御番所のほうで描かなかったのですか」

これは当然の問いだろう。実際、奉行所の人相書の達者な同心にきかれるままに直之進は話し、人相書を描いてもらっている。それを富士太郎から渡されてもいるが、少し不満がある。

似ていないということはないが、どこか表情がちがうのだ。なにがちがうとはっきりと指摘できないのだが、それは自分に絵心がないゆえだろう。

直之進は、千勢にきかれるままに男の特徴をしゃべっていった。狡猾そうな目。とにかくそれに尽きる。富士太郎から渡されたものは、それが欠けているような気がしている。似ていないことはないが、直之進の頭にいる男とは別人のように見えるのだ。

「これでいかがです」

何度か描き直して、千勢が人相書を差しだしてきた。

受け取り、直之進は目を落とした。

「すばらしい」

上出来以外の形容がない。

「これならやつにそっくりだ」

直之進は和四郎にも見せた。和四郎もあの男は見ている。

「本当だ。よく似てますよ。目がまさにこんな小ずるい感じでしたね」

これなら、誰が見てもあの男だというのがわかる。

「ありがとう。これだけのものを見せてまわれば、きっと手がかりを得られるはずだ」

「さようですか。お役に立てそうで、とてもうれしい」

千勢は本心からいっているようで、瞳をきらきらさせている。本当に喜んでくれているのだ。こういう笑顔はともに暮らしているときは見せなかった。

つまり、と直之進は思った。もう完全にこの俺を夫とは見ていないという証《あかし》でもあるのだろう。夫として見ているのなら、こんな弾けるような笑顔は見せまい。

やつに対してはどうなのだろうか。直之進は佐之助《さのすけ》の顔を思い浮かべている。お店《たな》のなかを見た限りでは、男の影はまったくといっていいほど感じられない。

咲希と一緒につましく暮らしている様子だけがくっきりと浮かびあがっている。

佐之助は殺し屋だ。佐之助は、千勢の想い人だった藤村円四郎《ふじむらえんしろう》という駿州沼《すんしゅうぬま》里《ざと》家中の侍を殺した。千勢はその仇を追って、江戸に出てきたのだ。直之進も千勢を捜すために江戸にやってきた。その佐之助と千勢が想い合っているらしいのは、なんとなくわかる。

ただし、千勢に最後の一線を越える気があるのかどうか。ないのではないか。直之進はそんな気がしてならない。千勢が殺し屋に身をまかせている光景を頭に思い描きたくないだけかもしれないが、千勢と佐之助がむつみ合うというのは、なにかちがう気がする。

「どうかされましたか」

千勢にきかれ、直之進は我に返った。

「いや、陽気に誘われて少しぼうっとした」

もともとお咲希の前で佐之助のことを持ちだす気はなく、直之進は引きあげることにした。人相書をていねいに折りたたみ、懐にしまう。

「ありがとう、助かった。千勢、なにかあったら遠慮なくいってくれ。俺にできることなら、必ず力を貸すゆえ」

「ありがとうございます。もしそういうことがあれば、きっとおすがりいたします。あなたさまも、どうか、お元気で」

「そなたも息災でな」

直之進はお咲希にほほえみかけてから、障子戸をあけて路地に出た。途端に、春の明るい陽射しに包まれた。思わずのびをしたくなるあたたかさだ。

見送ってくれている千勢とお咲希に会釈してから、路地を歩きだした。懐からあらためて人相書を取りだす。

この男は、と直之進は思った。もともと船頭なのではないか。だから、あんなに猪牙舟の扱いがうまかった。

江戸の船頭たちは瞠目せざるを得ないほどの達者ぞろいだが、それでもあれだけの腕の者はそういないのではないか。さして川幅もない源森川で舟を切り返したのは、水際立つとしかいいようがない手並みだった。

よし、この筋を追っていってみよう。

直之進は心でうなずき、顔を脳裏に刻みつけてから人相書をしまった。

長屋の木戸を出るとき、不意に誰かの視線を感じた。はっとして足をとめ、視線のほうを見やった。

「どうかされましたか」

和四郎が不審げに問いかける。

直之進は答えず、視線をめぐらせた。

せまい道を繁く町人たちが行きかっているが、誰一人としてこちらを見ている者などいない。もう視線は消えている。

直之進は、勘ちがいだとは決して思わなかった。何者かがまちがいなく見ていた。

まさか土崎周蔵ではあるまいな。

だが、やつではない。やつならもっと視線は粘っこいだろう。

それで直之進は答えを見つけたような気持ちになった。

なるほど、そういうことか。

和四郎をうながして、再び歩きだした。

四

三日前に料永はやめた。お咲希がこの長屋に来てからずっと働きに出ていなかったが、正式にやめることを千勢は伝えに行ったのだ。

お咲希を守るためにお邦と奈良蔵という利八の姉弟に楯突いた以上、もはや店にいることはできなかった。

料永のことを直之進はききたげだったが、話しても仕方ない。これ以上、考えたくない気分がある。

なんといっても、昨日のことを思いだしたくなかったのだ。だが、今ははっきりと脳裏に残っている。

千勢とお咲希が昼餉をとっているとき、障子戸が叩かれたのだ。千勢があけてみると、立っていたのは奈良蔵だった。

「入れてもらえるかね。大事な話があるんだが」

お咲希を無理に連れて帰ろうとする物腰ではなく、千勢に断る理由はなかった。奈良蔵は料永の奉公人を連れてきていたが、その者は店のなかには入ってこなかった。

「お咲希、これであとは勝手にしなさい」

よっこらしょとあぐらをかいた奈良蔵が畳の上に置いたのは、袱紗包みだった。

「これだけあれば、行く末には困らないだろうからね」

奈良蔵が袱紗をひらいた。中身を取りだすともったいないとばかりに、袱紗を懐にねじこむようにした。

畳に残されたのは、二十五両の包み金が二つだった。五十両は驚くばかりの大金だが、吝嗇としかいいようがない奈良蔵がどうやって工面したのか。

「売ったのですか」

千勢はたずねた。知らず、鋭い目つきになっているのはとめようがなかった。

「文句があるのかい」

奈良蔵は一瞬、ひるみを見せたが、すぐに立ち直った。

あるに決まっています、と千勢はいいたかった。なんといっても料永は利八が興し、育てた料亭なのだ。敷居の高さはなく、客が常にくつろげる店を目指していた。そういう江戸ではまずお目にかかれないすばらしい店を欲に目がくらんで売り払ってしまった。

「どこに売ったのですか」

「きいてどうする」

奈良蔵がさげすむような目をした。

「そこに頼みこんで奉公させてもらうつもりかい」

「そんな気はありません」

「それなら、きいたところで仕方ないだろうに」

奈良蔵が、千勢のうしろに隠れるようにしているお咲希を見た。

「お咲希、帰ってきたいのならわしは歓迎するよ。なんといっても、おまえさんは兄の大事な孫だからね」

「いやです。帰りません」

「そうかい。相変わらずききわけのない子だね。それじゃあ、しょうがないね」

奈良蔵がお咲希を見つめる。

「お咲希、じゃあ、これでわしたちが会うのは最後ということになるよ」

「うれしい」

お咲希が心の底からいったのが、千勢にはわかった。

「やれやれ」

奈良蔵があきれたように口にした。

「まったく最後までかわいげのない。いいかい、お咲希。証文を書いてきた。これに名を書いておくれ」

奈良蔵が懐から一枚の紙を取りだし、畳に広げた。

お咲希が前に出てきて、のぞきこむ。

「なんと書いてあるの」

「おまえが料永に関して、この先なにもいわないということだよ」

奈良蔵がいったが、お咲希は無視した。

「千勢さん、なんて書いてあるの」

失礼します、と千勢は証文を手に取り、目を落とした。三度繰り返して読んだ。

「奈良蔵さんのいった通りのことよ」

「そう。じゃあこれに名を書けば、一生縁切りできるってことね」

「そういうことになるかしら」

お咲希はうきうきした顔で筆を手にした。いつも千勢と一緒に本を読んだり、書を書いたりしているから、筆はすぐに用意できる。

「お咲希ちゃん、本当にいいの。このお金をもらったら、もうお店には帰れないのよ」

「帰る気なんてないもの」

お咲希が断固とした口調でいった。千勢は奈良蔵を見つめた。奈良蔵はお咲希にとって大叔父だ。自分でも情けなくはないのだろうか。

奈良蔵は平然としている。まさに蛙の面に小便というやつだ。

「お咲希、書くのならはやく書いておくれ。わしだって暇じゃないんだ」

お咲希は、筆にたっぷりと墨をしみこませた。千勢は声をかけた。

「お咲希ちゃん、本当にいいの？」

奈良蔵がむっとする。

「あんた、お咲希が書く気になっているんだから、余計な口、はさまないでくれないか」

「余計な口ではありません」

千勢は奈良蔵を見据えた。奈良蔵はまたもうろたえかけた。今は町人の格好をしているが、千勢はもともと武家だから、その気になれば目の前の年寄りを刺し殺すことに躊躇しない程度の覚悟は常に胸に抱いている。

「いや、だって……」

「お咲希ちゃん、よく考えなさい」

お咲希は千勢の言葉に、しばらくうつむいていた。

「いいのよ、これで。私はずっとここにいたいから。ねえ、いてもいいんでしょ」

すがるような眼差しを向けてきた。

「もちろんよ」

「だったら、名を書いても大丈夫よね」

千勢がうなずくと、お咲希はほっとした顔を見せた。奈良蔵も安堵の色を隠せない。

「どこに書けばいいの」

お咲希が千勢にきく。

「ここよ」

千勢は証文の最後のところを指し示した。

お咲希がすらすらと自分の名を書いた。まったくためらいのない筆だった。

「ありがとさん」

奈良蔵が心のこもっていない口調でいい、墨が乾くのを待って、懐にしまい入れた。

「じゃあ、これで帰らせてもらうよ。お咲希、せいぜい元気ですごすんだね」

奈良蔵がさっさと立ち、土間で雪駄を履いた。障子戸をわざとがたつかせて出ていった。

障子戸はあけっ放しだった。お咲希が、歳の割に行儀が悪いわね、と閉めた。千勢の前に戻ってくる。

「ほんと意地汚い年寄りね。私、ああはなりたくないわ。お店を売って、いったいいくら入ったのかしら」

千勢には答えられない。奈良蔵がぽんと五十両もの大金を置いていったことからして、おそらく千両ではきかないだろう。

利八の唯一の孫娘に対して、非道としかいいようのない仕打ちだが、お咲希がいいという以上、千勢にはなにもいえない。

「ああ、せいせいした」

お咲希は畳に寝っ転がり、大きくのびをした。


「ねえ、お咲希ちゃん」

千勢は、書を読みはじめたうしろ姿に声をかけた。哀れみを覚えるほど、薄い背中だ。

「なあに」

お咲希が振り向く。

「本当にこれでよかったの？」

お咲希が不安そうな顔になる。

「千勢さんは、私と一緒にいるのはいや？」

「とんでもない」

千勢はにじり寄り、お咲希を抱き締めた。お咲希が抱き返してきた。

「お咲希ちゃんが望むのなら、一生一緒に暮らしましょう」

「本当？」

お咲希の声がうわずる。

「本当よ」

千勢は腕に力をこめた。

「千勢さん、痛い」

お咲希が笑いながらいう。

「ごめんなさい」

千勢はあわてて力をゆるめた。

お咲希が見つめてきた。

「こんなに強く抱いてもらったの、久しぶりよ。うれしい」

お咲希が胸に顔をうずめてきた。まだ赤子のようなにおいがする。賢いけれど、本当に幼いのだ。

私はこの子の母親になって生きてゆく。自分の使命がわかったような気がした。

そのためには、と千勢は思った。職を捜さなければならない。料永を紹介してくれた口入屋へ行く気になった。直之進が世話になっている米田屋のことも頭に浮かんだが、なんとなく足を運ぶ気にならない。

「ねえ、お咲希ちゃん、ちょっと出かけるけど、一緒に来る？」

「どこへ行くの」

千勢は伝えた。

「口入屋か。私、行ったことないから、行ってみたいわ」

長屋を出た二人は、手をつないで町を歩いた。青空が広がっているものの、太陽はそこにいるのが恥ずかしいかのような風情で控えめな光を送ってきている。

奈良蔵のことを忘れて思わず駆けだしそうになるほど穏やかな日和だ。

「気持ちいい」

お咲希が目を細めていう。

「本当ね」

道をまっすぐ南に行き、音羽町七丁目に着いた。路上に、口入れ高畠屋《たかはたや》と看板が出ている。暖簾が静かに揺れていた。

「ここよ」

千勢は暖簾を払った。

「いらっしゃいませ」

手代が寄ってきた。少し好色そうな目をしているのは、千勢が妾奉公を望んでいるのではないか、と思ったからかもしれない。実際に、奉公先として引く手あまたで手っ取りばやいこともあり、江戸では妾奉公をする女が数多いのだ。

手代にいろいろと話をきいた。よさそうな奉公先もあったが、どうしてか気に入らなかった。そういう直感にしたがうのは悪いことではないと思っているので、千勢はまた来ます、といって高畠屋をあとにした。

「いいのがなかったの?」

お咲希にきかれた。

「そういうわけでもなかったのだけど」

「いい感じじゃなかったというわけね」

「ええ、そうよ」

「きっといいお仕事、見つかるわ」

「そうね」

お咲希が手をぎゅっと握ってきた。千勢は握り返し、二人は道を北に向かって歩きはじめた。

「ねえ、どこかで甘い物でも食べてく？」

千勢はお咲希を誘った。

「うれしい」

お咲希が小躍りする。

「私、甘い物、大好き」

「なにがいい」

「そうねえ、おまんじゅうかな」

「わかったわ」

護国寺のそばに、おいしい饅頭を食べさせてくれる茶店がある。千勢はお咲希の手を引いて、その店に向かおうとした。

前途をさえぎる影があった。千勢は、はっとして歩みをとめた。

五

「しかし珠吉、こんなに誰も覚えていないものなのかねえ」

　富士太郎はぼやいた。空はかすみを帯びているものの、どこまでも晴れ渡り、気持ちのよい日和になっている。富士山も、もやっている向こうにかすかに見えている。

　こんないい日にぼやきたくはないが、探索があまりに進まないために、愚痴が口をついて出てしまう。

　珠吉が小さく首を振って答える。

「先代の和右衛門さんが亡くなって四年、人々から別邸のことが消え去ってしまうのも仕方ないことかもしれませんねえ」

「それでもさ、少しは覚えている者がいないとおかしいよねえ」

　これまで富士太郎は珠吉とともに、玉島屋の先代和右衛門の友人や知り合いをさんざん当たった。和右衛門の趣味だった盆栽仲間もことごとく当たってみた。

　しかしなにも手がかりは得られない。

おまきという、和右衛門の妾の行方も追っているが、いまのところつかめていない。おまきを和右衛門に世話した口入屋はわかったが、あるじの病死とともに廃業しており、おまきを世話した際の詳しい事情を知っている者はいなかった。

おまきという妾を捜しだすまでもなく、惨劇の場となった向島の別邸のことを覚えている者はむろんいくらでもいたが、和右衛門の死後、思いだすことはほとんどないという者ばかりだった。

今の玉島屋の奉公人や家族でも、覚えている者や気にかけている者はほとんどいなかった。あの別邸は和右衛門の死とともに打ち捨てられたようなものだったのだ。

「しかし珠吉、そうはいっても、あの別邸のことが周蔵に漏れたのは和右衛門さん絡みとしか考えられないよねえ」

「そうですね。別邸の近在の者なら知っていたかもしれませんけど、あのあたりで周蔵を見かけた者はいませんでしたからね、やはり先代の関係から漏れたとしか考えようがありませんねえ」

珠吉のいう通り、もしかして周蔵は向島のあたりに土地鑑があり、誰にもきかずにあの別邸がずっと空き家になっていることを知っていたのかもしれないと思い、富士太郎はここしばらく別邸周辺の者たちに徹底してききこみを行っていたのだ。

だが、周蔵の人相書を見た者すべてが、心当たりはありませんねえ、と見事に口をそろえた。向島といっても、町に近いだけに住んでいる百姓、町人はかなり多い。

百人をはるかに超える者に話をきいて、同じ答えばかりだったというのは、あのあたりに周蔵はいないというなによりの証だろう。

「となると、まだ調べが足りないということだねえ」

富士太郎はため息混じりにいった。

「旦那、そんな声をだしちゃいけませんや。探索がうまく進まなくなりますぜ。元気をだしていきましょう」

「わかっちゃいるんだけどね、珠吉にだけはぼやきたくなるんだよ」

「そういってもらえると、あっしもうれしいんですけど」

富士太郎は足をとめた。

「どうかしたんですかい」

「いやね、直之進さんは今どうしているのかなあと思ってさ」

「周蔵を捜しているんじゃないですか」

「もう立ち直ったかね」

「湯瀬さまは一見、優男に見えますけど、心の強いお方です。きっとばりばり動きまわっているに決まってますよ」

「そうだろうね」

富士太郎は、額に汗している直之進の顔を思い浮かべた。直之進が動くたびに汗が飛び散り、それがしぶきとなって降り注ぐ。直之進の汗は男臭いが、どこか甘美なにおいもしている。

富士太郎は陶然とした。

「ああ、浴びたいねえ」

「浴びたいってなにをですかい」

富士太郎は目をあけた。珠吉がいぶかしげな顔で見ている。

「えっ、ああ、なんでもないよ」

「どうせまた湯瀬さまのことで、妄想をしていたんじゃないんですかい」

「どうしてわかるんだい」

「そりゃわかりますよ。いったい、あっしと旦那にどのくらいのつき合いがあると思っているんです」

「ほんとだねえ。珠吉はおいらがこんなにちっちゃい頃から知っているものねえ」

「子供の頃、旦那はかわいかったんですよ。まさかこんなふうになるとは、あっしは思いもよらなかった」

「こんなふうってどういう意味だい」

　珠吉は小さく笑っただけだ。

「まったく無礼なやつだねえ」

　富士太郎はふとあたりを見まわした。

「珠吉、なにかいいにおいがしないかい」

「しますねえ。これは魚を焼いているにおいですね」

「珠吉、腹が減ったね。入ろうか」

「いいですね。もう昼をすぎて、だいぶたちましたから、一休みしてもいいんじゃないですかね」

「昼をすぎたって、今何刻かな」

「八つに近いでしょう」

「えっ、そんなになるのかい。そりゃ気づかなかったねえ」

「それだけ一所懸命に働いたって証ですよ」

富士太郎よりはるかに鼻がきく珠吉が魚を食わせる店を見つけだした。二人はさっそく暖簾を払った。

富士太郎が食べたのは鯖だった。塩焼きにされている鯖は脂ののりが抜群で、あさりの味噌汁もこくがあって実にうまかった。

珠吉は鯖の味噌煮を注文したが、うまいですねえ、と盛んにいっていた。心から味わっているのがとろけそうになっている顔から知れた。

二人はすっかり満足して店を出た。

「いい店だねえ」

「まったくですよ」

「正田屋《しょうだや》さんに匹敵するねえ」

「本当ですね。さすがに江戸は広いですよ。捜せばこれだけの店がまだあるんですから」

正田屋というのは、小石川伝通院前陸尺《こいしかわでんずういんまえりくしゃく》町にある一膳飯屋だ。浦兵衛《うらべえ》という、口入屋の米田屋光右衛門の二つ下の幼なじみがあるじをつとめている。浦兵衛の腕がいいこともあり、この店は直之進が贔屓《ひいき》にしている。

直之進目当てに、富士太郎も足繁く通っている。ときおり本当に直之進と会えて、富士太郎には欠かせない店となっている。

「さて旦那、腹も満ちたことだし、仕事に精だしましょうか」

「おいらははなからそのつもりだよ。珠吉、まかしておきなよ」

富士太郎は胸を拳で叩いた。意外に小気味いい音がして、自分で驚いた。

珠吉がにっこりと笑う。

「旦那、その意気ですよ」

その後、富士太郎は珠吉を伴って、先代の友や知り合いをさらに当たった。しかしなにも得られない。

再び玉島屋を訪れた。あらわれた当主の儀太郎は少し迷惑そうだった。

「そんな顔をしないでくれるかい」

富士太郎は穏やかにいった。

「ああ、いえ、そんなつもりはなかったのでございますが……」

「いや、気持ちはわかるからね。たまたま別邸が惨劇の場になっただけで、町方に足繁く来られちゃあ、いやな気持ちになるのも当たり前だよ」

富士太郎は探索が手づまり気味であるのを正直に告げ、和右衛門のことについてさらにきいた。

「盆栽のほかに趣味はなんだったんだい」

「遊びですね。とにかく酒を飲んで、騒ぐのが大好きでした」

「それは別邸でも同じだったのかい」

「ええ、まあ」

「そのとき一緒に遊んだ人を教えてもらえないかね」

「手前は、先日申しあげた以外に存じあげている人はおりません」

結局、新しい話は引きだせず、富士太郎は玉島屋をあとにするしかなかった。

「珠吉、やはり妾を徹底して捜すしか道はないかね」

「そうですね。別邸のことは、意外に妾から周蔵に伝わったかもしれないですし」

「そうか、そうだね。そういう考えもできるんだね」

富士太郎は、再び口入屋を調べることにした。それには、米田屋光右衛門に会う必要があるように感じた。

小《こ》日向《ひなた》東《ひがし》古川《ふるかわ》町に入る。この町に米田屋はある。それに、富士太郎が好きでたまらない直之進の長屋もある。

もっとも、直之進はいま田端村のほうにいるから、出会うことはまずない。それでも、風に直之進のにおいがするような気がして、富士太郎は胸がきゅんとした。

「ごめんなさいよ」

暖簾を払い、土間に入りこんだ。うしろに珠吉が続く。

「いらっしゃいませ」

一段あがったところから声がかかった。澄んだきれいな声だ。

「えーと、おまえさんはおきくちゃんだね」

「はい、そうです。樺山の旦那、いらっしゃいませ」

おきくが土間におりてきた。

「光右衛門さんはお出かけかい」

「ええ、外まわりです」

「そうか。そいつは残念だ。話をききたかったんだけどね」

「さようですか。あと一刻ほどで戻ってくると思うんですが」

一刻か、と富士太郎は思った。そんなにここで待てない。

「おきくちゃんは、森田屋《もりたや》という口入屋を知っているかい。向島のほうにあるんだけど」

おきくが首をひねったが、すぐに手のひらを打ち合わせた。

「確か、ご主人が亡くなって廃業されたところじゃないですか」

「知っているのかい」

「ええ、亡くなったご主人は、同業ということもあって、おとっつあんと親しくされていましたから。私たちも葬儀には参列させていただきました」

「そうだったのか。森田屋さんが亡くなってから、跡継がいなかったこともあって、商売をやめてしまったんだよね。引き継いだ人はいなかったのかな」

「いなかったと思います。でも、もしかしたらそのあたりのことについて、おとっつあんは知っていることがあるかもしれません」

「そうか、じゃあ、待ってみようかな。待たせてもらってもいいかい」

「もちろんです。今、お茶をお持ちしますから」

「いや、気をつかうことはないよ」

おきくがにっこり笑う。

「私も飲みたいんです」

おきくがきびすを返そうとしたとき、土間に入ってきた者があった。

「あっ、おとっつあん」

富士太郎と珠吉は同時に振り向いた。

「ああ、これは樺山の旦那、珠吉さん、いらっしゃい」

「おとっつあん、今日ははやいのね」

「あまり天気がいいんで、なんか仕事をする気がなくなっちまったんだ」

「商売熱心の米田屋さんにしては、珍しいねえ」

「いや、たまにはそういうこともないと、もちませんからねえ」

それは富士太郎もよくわかる。常に気張っているだけでは疲れ果ててしまう。適当に息抜きをしないと仕事というのはうまくいかないものだ。

「でも、ちょうどよかった。おまえさんに話をききたくて、やってきたんだよ」

富士太郎は光右衛門に話した。

「ああ、森田屋さんのあとですか。引き継いだ人というのはいないですねえ。でも、星川屋《ほしかわや》さんというご同業が店を閉めるとき、面倒をだいぶ見たというような話はききましたよ」

富士太郎は星川屋の場所をきいた。

向島とは少し離れている中ノ郷竹町に、店を構えているとのことだ。

星川屋は竹町之渡のそばにあった。すぐ北側には、大川橋とも呼ばれている吾妻橋が見えている。

あるじの星左衛門《ほしざえもん》は店にいて、一人の客と話しこんでいた。

富士太郎が入ってゆくと、ちょうど客との話が終わったところだった。どこかの商家のあるじらしい男は富士太郎にていねいに挨拶してから、店を出ていった。

富士太郎は、さっそくおまきという和右衛門の妾について問うた。

「ええ、覚えていますよ。和右衛門さんが亡くなったあと、おまきさん、こちらに来ましたからね。なんといっても美形ですから、手前も忘れませんせん」

星左衛門は初老といっていい年の頃だが、よく日焼けした顔は精悍で、おなごにもてそうな雰囲気を漂わせている。

「今、おまきがどこにいるか、おまえさん、知っているかい」

「ええ、存じていますよ」

半年ほど前、新しい旦那を世話したばかりとのことだ。住んでいるのは本所松倉町。星川屋から東へ六町ほど行った一軒家とのことだった。

本所松倉町に赴いた富士太郎と珠吉は、自身番に入り、町役人におまきの住みかの場所を詳しくきいた。

町役人の一人が案内してくれた。

「こちらですよ」

まだ建って間もない家だ。木の香りが強くし、陽射しを浴びていたるところが光っている。庭もよく手入れされ、いかにも美しい妾が住むのにふさわしい家のように感じられた。

枝折り戸を入り、庭に足を踏み入れた。町役人がなかに声をかける。

すぐに障子があき、若い女が姿を見せた。

なるほどねえ、と富士太郎は思った。きれいはきれいだ。彫りが深い顔立ちだ。眉が濃く、目がくりっとしていて、鼻筋が通っている。唇は厚くもなく薄くもなく、形のよさがうらやましいくらいだ。

これなら口を吸ったとき、いい感触なんだろうねえ、と富士太郎は少しどきどきしてしまった。

直之進さんはどんな唇だったかねえ。

「旦那、どうかしたんですかい」

 珠吉がうしろからささやくようにきく。

「いや、どうもしないよ」

富士太郎は町役人に礼をいって引き取ってもらい、女がおまきであることを確かめてから、問いをぶつけた。

玉島屋のご隠居のことはお世話してもらったこともあってよく覚えているが、別邸のことは人に話したことはほとんどない、といった。

「そうかい」

富士太郎は周蔵と周蔵の手下と思える男の人相書を見せた。

「あれ、この人」

周蔵ではなく、手下のほうにおまきの視線は吸い寄せられている。

「知っているのかい」

「似ている人を見たことがあります」

「本当かい。どこで見たんだい」

富士太郎は勢いこんでたずねた。

おまきが眉間にしわを寄せる。そうすると色っぽさが際立った。こういうところが妾として男のあいだを渡り歩ける秘訣なのかもしれない。

「思いだせません。でも、玉島屋のご隠居と一緒にいたような気がします」

「本当かい。名は？　覚えているかい」

おまきが考えこむ。なかなか顔をあげようとしないので、富士太郎はじりじりしたが、ここで急《せ》かしてもはじまらない。

あっ。おまきが小さく声を発し、顔をあげた。表情が輝いている。

「思いだしました。ご隠居は確か『よのさん』と呼んでいたような気がします」

六

高畠屋を出て護国寺のほうへ向かおうとしていた千勢だったが、目の前に立ったのが誰かを知り、うれしそうな笑みを見せた。それだけで佐之助の心は満たされた。

「あっ、おじさん」

お咲希も弾んだ声をだした。

「千勢さんに会いに来たの？」

無邪気にきかれて佐之助は困った。

「まあ、そうだ」

お咲希から視線を転じて千勢を見る。

「仕事は見つかりそうか」

千勢がうなずく。

「多分」

「どういうところで働くつもりだ」

「働いていて気持ちのいいところならどこでもかまいません」

できることなら佐之助がそういうところを紹介したかったが、残念ながら心当たりはない。

千勢は勘のいい女だ。こちらでわざわざ世話を焼かずとも、自分できっといい仕事を見つけるにちがいない。

「どうかしましたか」

千勢にきかれた。

「なにが」

「今、笑みをこぼしたから」

俺が笑みを、と佐之助は思った。考えられない。殺し屋になってから、笑ったことなどなかったのではないか。

「戸惑っているようですね」

千勢がいたずらっぽくいう。

「ずっと笑ったことがなかったんじゃありませんか」

「そんなこと、あるはずがなかろう」

「本当ですか」

「本当だ」

「わかりました。そういうことにしておきましょう」

千勢がお咲希の手を引いて歩きだす。佐之助はうしろについた。

「どこに行くんだ」

千勢が振り返る。

「お饅頭を食べにそこまで」

「おじさん、おまんじゅうは好き？」

どうだっただろうか。最後にいつ口にしたのか、それすらも覚えていない。

「うまいのは好きだ」

千勢さん、とお咲希が呼びかけた。

「今から連れていってくれる店、おいしいんだよね」

「ええ、とびっきりよ」

「だって」

お咲希が佐之助に笑いかける。

「おじさん、よかったね」

「一緒に行ってもかまわないのか」

「もちろんよ」

お咲希が手をぎゅっと握ってくる。佐之助はどうすればいいかわからず、戸惑った。

「ねえ、握り返してくれないと」

佐之助は手に力を少しだけこめた。あまり強く握ると、痛がるだろう。それだけ小さな手だ。

お咲希が見あげてくる。

「おじさん、千勢さんと手をつないだことあるの？」

「ない」

「どうしてつながないの」

「男と女は人前でそういうことをしてはいけないからだ」

「えっ、そうなの？」

「そうさ。俺は厳しく教えこまれている」

お咲希がまじまじと見つめる。

「ふーん、おじさん、やっぱりお侍なんだねえ」

護国寺前の茶店に着いた。饅頭のうまさで評判なのか、客が一杯だったが、ちょうど席を立った者たちと入れ替わるように千勢とお咲希は、縁台に腰をおろすことができた。

佐之助はあたりを見まわし、誰も自分に注目している者がいないことを確かめてから、お咲希の隣に腰を預けた。

「お饅頭とお茶でいいですか」

千勢がきいてきた。

「うむ」

千勢が、看板娘と思える娘に注文する。ありがとうございます、と明るい声で答えて看板娘が注文を通しに奥に向かう。

五代将軍綱吉が生母のために建立した寺だけのことはあり、護国寺の参詣道は多くの人でにぎわっている。茶店の客も、護国寺にやってきた者がほとんどのようだ。

行きかう人は、春の穏やかな陽射しを浴びて、ゆったりと歩いている。江戸者は早足だが、ここだけはゆったりとときが流れているような気がする。

それは、と佐之助は思った。今の俺の心持ちがそう感じさせるのかもしれぬ。それだけくつろいでいるのだ。心がのびやかになっている。

こんな気持ちは殺し屋を生業としてから覚えたことはない。考えてみれば、ここ最近は殺し屋としての仕事をまったくしていない。

する気にならないといっていい。

どうしてか。千勢が喜ばないからだ。

殺し屋の仕事は確かに割がいい。職人の十年分の報酬を、ただの一回の仕事で得られる。

だが、報酬を目当てに俺は生きているのではない。殺しなどやらずとも生きていける。

「きましたよ」

千勢にいわれ、佐之助は顔をあげた。看板娘が、どうぞ、と饅頭の皿と湯飲みを縁台に置いた。

「はやく食べましょう」

お咲希が急かし、千勢が饅頭を手にする。どうぞ、と佐之助に手渡してきた。

「ありがとう」

素直に声が出た。

「おいしい」

いちはやくほおばったお咲希が、大きな声をあげる。

「甘くて、口のなかでとろけちゃう」

佐之助も食べてみた。なるほど、お咲希のいう通りで、餡に砂糖を惜しんでいない。

「うまいな」

いうと、千勢が顔をほころばせた。

「よかった」

娘のように手を合わせ、喜んでいる。それから自分も饅頭を口に運んだ。

「おいしい」

しみじみといった。饅頭自体のうまさもあるが、今このように三人で食べているることに、千勢は幸せを感じているように見えた。

「千勢さん、おじさん、ほんとおいしいね」

「お咲希ちゃん、たくさんいただきなさい」

「ありがとう」

お咲希は結局、五つ食べた。

「食べすぎちゃった」

「子供はそのくらいのほうがいいさ」

佐之助がいうと、お咲希がほっとした顔を見せる。

「本当にそう思う？」

「ああ。ひもじい思いをするよりも、腹一杯食べたほうがいい」

「おじさん、ひもじかったこと、あるの？」

「子供の頃はあったな」

「だってお侍でしょ」

「侍でも貧乏人は多いさ」

「ふーん、そういうものなの」

「ああ、今は町人のほうが強いし」

佐之助は、目の前の道に向けて顎をしゃくった。

「見てみろ。歩いているのは町人が多いだろう。みんな、護国寺に参詣にやってきた者たちだ。それだけ町人のほうに余裕があるということだ」

「そういえば、おじいちゃんがいっていたけれど、お侍のお客が自分の若い頃にくらべたらだいぶ減ったんだって」

「そうだろう」

佐之助はお咲希を見た。利八のことを口にしても、表情に変わりはない。忘れたというのとはちがうだろうが、だいぶ落ち着いてきているのだ。

千勢が茶店の代を支払った。佐之助がもっといったが、千勢は、ここはいいんです、ときかなかった。このあたりの性格に変わりはない。職を失ったものの困っていないところを見せたいという気持ちがわかったので、佐之助も無理にとはいわなかった。

ほかの者たちの歩調に合わせるようにぶらぶらと歩いて、千勢の長屋にやってきた。

「入りますか」

千勢にいわれ、いいのか、と佐之助はきき返した。

「もちろんです。顔を見せてくれたのは、なにか用事があったからではないですか」

「まあ、そうだ」

千勢が障子戸を横に滑らせる。

「どうぞ」

「すまぬ」

佐之助はお咲希に引かれるようにして、店に入った。千勢が障子戸を静かに閉める。

「今、お茶をいれますから」

「いや、茶はいい。さっき飲みすぎた」

佐之助は千勢を見つめた。千勢が目の前に正座した。

「先ほど湯瀬が来ていたな」

「知っていたのですか」

「やつはなにしに来た」

ねたみ心からたずねたわけではないのが、千勢にしっかりと伝わったようだ。

「人相書です」

「誰の」

千勢が語る。

「ほう、土崎周蔵と一緒にいた男か」

佐之助は少し考えた。

「同じものを書いてもらえるか」

千勢がほほえみつつうなずいた。

「お安いご用です」

はい、とお咲希が手ばやく用意した墨と筆を手渡す。ありがとうと千勢は受け取り、畳に広げた紙に筆先を押し当てた。

千勢はすらすらと流れるように筆を動かしてゆく。頭に完全に残っている男の顔を忠実に描いていく。それが佐之助にははっきりとわかった。

「こんな感じでした」

出来映えに満足しているのか、晴れやかな顔で千勢がいった。

佐之助は手にした人相書に目を落とした。

ずる賢い目をしている。周蔵とともにいるのがよく似合う、狡猾さを身にたたえているのが表情からうかがえる。

やつは、と佐之助はこの長屋を出ていくときの直之進の姿を思いだした。この俺が見つめているのに気づいたはずだ。

湯瀬が千勢を通じて俺にいろいろと知らせてきているのはまちがいない。

七

力が戻ってこない。

平川琢ノ介はため息をついた。悦之進たちの葬儀は滞りなく終わり、そのことにはほっとしているものの、琢ノ介には悲しみ以外のものはない。

それは門人たちも同じなのか、午後の稽古がはじまってだいぶたつが、道場は活気が感じられない。悦之進が健在なときよりやや数は少ないとはいえ、多くの門人たちがやってきて、稽古に励んでいる。声はまずまず出ているものの、腹の底からのものでなく、気合が足りないのは一目瞭然だ。

それは、師範代の自分がいまだにほうけたままなのだから仕方のないことだろう。門人たちにうつってしまっているのだ。門人たちは職人が多く、たいてい八つ半には仕事を終えて道場に集まってくる。

江戸の町人たちの剣術熱というのはすさまじく、剣を習うのが楽しみのはずなのに、こうまでみんなに元気がないのは、すべて自分のせいだと琢ノ介は思っている。

「師範代、もっとびしびしやってください。そんなんじゃ、師範も悲しみますよ」

弥五郎《やごろう》が寄ってきていった。門人のなかで最も筋がよく、すばらしい腕を持つこの男だけは一人、稽古に燃えている。

「弥五郎、どうしてそんなに元気でいられるんだ」

琢ノ介はつぶやくようにきいた。

「当たり前じゃないですか。あっしは仇討しようと思っているんですから。いつまでもめげてなんかいられませんよ」

「弥五郎、本気でいっているのか」

弥五郎がにらみつけてきた。

「当たり前でしょう。師範代はその気はないんですかい」

「むろんある。だが弥五郎――」

「あっしらでは仇討は無理だっておっしゃるんですかい。土崎周蔵に挑んで勝てるか、そいつが無理だってことはあっしもわかってますよ。だからこそ、もっと強くなるために稽古をするんじゃないですか。師範代、ちがいますかい」

もっと強くなるために稽古をするか。そういえば、と琢ノ介は思った。剣を習いはじめた頃はそういう気持ちで一杯だった。日本一の剣士になってやるんだという思いで、稽古に臨んでいた。

その思いは、自分の資質がわかってきたところで急速にしぼんでいってしまった。だが、もう一度腹に力を入れ直して稽古に励めば、さらなる上達が望めるだろうか。

いや、どんなに稽古を積んだところで周蔵に勝てはしない。

「師範代、なんですかい、その顔は」

「わしの顔がどうかしたか」

「なんか、あきらめちまった顔ですよ」

琢ノ介は黙るしかない。

「あっしはあきらめませんよ。師範代、あっしをびしびし鍛えてもらえませんか。あっしがもっと強くなって、あっしと師範代が力を合わせて周蔵と戦ったら、それでも勝ち目はありませんかい」

琢ノ介は目をあげた。弥五郎がもっと強くなって、このわしと力を合わせるか。

弥五郎の素質はわしとはくらべようのないほどのものだ。もしかすると、直之進に匹敵するほどかもしれぬ。

直之進と周蔵は今は互角といっていいだろう。弥五郎が直之進並みの腕を手に入れるまではまだ何年もかかろう。

だが、腕をあげた弥五郎とわしが一緒になって戦えば、周蔵だってたやすくわしたちを負かすことはできまい。

琢ノ介の脳裏に、悦之進たちの死にざまが浮かぶ。琢ノ介自身、悦之進たちの仇を討ちたくて仕方ない。だが、それがどう考えてもできないから、気持ちに力が入らなかったのだ。

だがもしかすると。琢ノ介は、胸のうちに光が射しこむのを感じた。

「おっ、師範代、やる気が出てきたようですね」

「おうよ」

琢ノ介は深くうなずいた。

「弥五郎の熱気に当てられちまったようだ」

「師範代、やりますかい」

「ああ、師範たちの仇討はいわれずともやるつもりだ」

琢ノ介は少し息を入れた。熱いものが去って、冷静さが舞い戻ってくる。

「だが弥五郎、土崎周蔵は今のわしたちがどんなにがんばっても勝てる相手ではないぞ。確実に返り討ちにされる」

琢ノ介は真摯な口調で諭《さと》した。

「わかってますよ、師範代。あっしはやつを獄門にできさえすればいいんです。あっしらは直之進さまたちの手助けということで、今のところは探索に精だしましょう」

「探索か」

「ええ、あっしらには無理ですかね」

琢ノ介は考えこんだ。

「いや、周蔵とやり合うのはどうあがいても無理だが、やつの居どころを調べるとかそういうのはきっとやれる」

「そうですよね」

　弥五郎は表情に喜色をあらわす。

「あっしもやれるんじゃないかって思ってたんですよ」

「はなから探索しようと思っていたのか」

「ええ、あっしはそのつもりでしたよ。でも一人じゃあ、いくらなんでも心細いんで、悪いと思ったんですけど、師範代を焚きつけたんです」

「なんだ、そういうことか」

　もともと無謀や無茶をする気がなかったのを知り、琢ノ介は安堵した。

「だが、それでも無理はできんぞ」

　琢ノ介はまわりの門人たちにきこえないように声をひそめた。

「師範たちは探索の最中、周蔵の罠にかかって殺されてしまったんだからな。わしらも無理をすると……」

「大丈夫ですよ。あっしが無理をしないように、師範代が手綱を握ってくれていればいいんですから」

「わかった。がっちりと握っているようにしよう」

　琢ノ介は門人たちを見まわした。少しずつだが、元気が出てきているように思える。

「しかし、わしと弥五郎が一緒に動くとなると、しばらくのあいだ道場を休まなければならんな」

「わけを話せば、みんな、わかってくれますよ。こいつらを探索に巻きこむわけにはいかないですし、しばらくは仕事に精だしていてもらいましょう」

「それでいいのかな」

「あっしがみんなにいいますから、師範代は心配いりませんよ。それよりも、ご内儀に許しをもらわなきゃいけませんね」

内儀というのは、中西悦之進の妻の秋穂のことだ。今、実家に身を寄せている。自害をしないか、琢ノ介は案じている。

いや、琢ノ介だけではない。弥五郎を含めた門人全員だ。秋穂が悦之進に寄せていた気持ちを考えれば、あとを追おうとすることは不思議でもなんでもない。

「いい機会だな。会いに行ってみるか」

「そうと決めたら、今行きましょう」

弥五郎が門人たちを集め、どういうことになったか、語った。門人たちは、俺たちも力を貸すから必要になったら遠慮なくいってくださいい、と琢ノ介に申し出た。

「そのときがきたら必ず頼むから、それまでは力を蓄えていてくれ」

わかってますよ、と門人たちは声をそろえた。これには琢ノ介のほうが気圧《けお》される思いだった。悦之進たちの仇を討ちたいという門人たちの気持ちは、それほど強いのだ。

門人たちをまず帰し、道場の戸締まりをした琢ノ介は弥五郎と連れ立って歩きだした。

「いい日和《ひより》ですねえ」

弥五郎が空を見あげる。

「まったくだな」

もう日は傾いているが、陽射しに陰りはほとんどなく、いまだに昼ひなかのような光を地上にもたらしている。大気はあたたかく、歩いていると、汗ばむくらいだ。

「こいつは、仇討日和といっていいんじゃありませんかね。きっと師範たちが見守ってくれているんですぜ」

「土崎周蔵を討てるって、教えてくださっているんだな」

中西家は悦之進の父君之進が罠にはめられて取り潰しの憂き目に遭ったが、同じ蔵役人である秋穂の実家八嶋《やしま》家はなにごともなく存続している。秋穂の父は四年ばかり前に病で亡くなり、今は秋穂の兄が跡を継いでいるときく。

八嶋家は牛込若宮町にあった。小さな武家屋敷が坂の多い地勢に沿ってごちゃごちゃと建ち並んでいる、その一画だ。

日暮れが近かったが、訪《おとの》いを入れるとすぐに招じ入れられた。座敷に通される。足のわずかな汚れが気になるほど清潔な畳が敷かれている。

障子はすべてあけられ、夕闇が波のように漂っている庭が眺められた。ゆったりと吹き渡る風に木々が小さくざわめき、少しずつ深くなってゆく闇のなか、灯の入れられていない苔むした灯籠がひっそりと立っている。

「いい庭だな」

「ええ、まったくで」

弥五郎がじっと見ている。その視線は、はじめて手習手本を手にした手習子のように真剣だ。

どうした、と声をかけようとして、琢ノ介は襖の側に人の気配が立ったのを覚った。

「失礼します」

やわらかな声が届き、襖があく。秋穂が顔を見せ、琢ノ介たちの前にやってきた。静かに腰をおろす。

「よくいらしてくれました」

声には張りがあり、意外に元気そうだ。顔色も頬は桃色で、悪いとはいえない。これなら、自害を心配せずにいいのかもしれない。

秋穂はいまだに眉を落とし、お歯黒《はぐろ》をして人の妻であることをまわりの者に知らしめようとしている。それがけなげに見えた。

それにしても、相変わらずきれいだ。寡婦のはかなさというべきものが全身にたたえられ、ぞくりとするような色気がにじみ出ている。琢ノ介は思わず見とれそうになり、視線をあわててはずした。

「ご内儀、お元気そうでよかった」

弥五郎が感極まったような声をだす。

「弥五郎さんも息災そうですね」

葬儀で顔を合わせて以来だから、まだ二日ほどしかたっていないが、琢ノ介は口をはさまなかった。

「それで今日は？」

秋穂のほうからきいてきた。

弥五郎が琢ノ介を見て、自分が話していいか、と目でたずねてきた。琢ノ介がうなずきを返すと、秋穂を見つめ、語った。

「そうですか。あの人の仇討をしていただけるのですか」

秋穂の目に光るものがある。

「ありがたいお話です。道場をしばらく閉めることに異存はありません。でも――」

琢ノ介と弥五郎を交互に見る。

「決して無理はなさらないでくださいね」

「よくわかっています」

琢ノ介は答えた。弥五郎が続ける。

「あっしは肝に銘じておきます」

秋穂がそれをきいて深く顎を引いた。その仕草は、琢ノ介には天女のように見えた。

八

「湯瀬さまは、まったくもって頑健でいらっしゃいますね」

和四郎が感嘆の思いを隠さずに口にする。

「いくら歩きまわっても、全然疲れた顔をなされませんもの」

「正直にいえば、疲れたなどといっておられんというところだな」

「ああ、なるほど」

和四郎がうなずく。

「おぬしだって、疲れたようには見えぬぞ。登兵衛どのも含め、もともと侍なのだよな。いったい何者なんだ。蔵役人ではないだろうから、勘定奉行の配下か」

「はて、どうでございましょう」

「ふむ、おとぼけか」

「そのことはいずれ、我があるじから話があるものと」

「それまで待たねばならぬか」

和四郎がにこっと笑う。子供のような笑みで、どこか幼さを感じさせるものがある。

「お待ちになれませんか」

「いや、待とう」

直之進と和四郎は、深川界隈を歩きまわっている。川が縦横に流れていることもあり、水のにおいが濃くしている。風の加減か、ときおり潮の香りが鼻をつくこともある。

あたたかかった昨日とは異なり、今日は風が肌寒い。わびしさを感じさせる櫓音を響かせて、たくさんの舟が行きかう水面も寒々と波立っている。半裸の船頭たちも、さすがに身を縮めて櫓を漕いでいるように見える。道を歩く人たちも、体を抱くようにして歩いている。

直之進も風が吹くたびにその冷たさに思わず下を向きたくなるが、侍としての矜持がそれをさせない。子供の頃からの父の厳しい教えが、背筋を常にのばさせている。

「それにしても湯瀬さま、はなから承知してはおりましたが、江戸には船宿が多うございますな」

「まったくだな。いったい何軒くらいあるものか、想像もできぬ」

特に深川は数え切れないほどある。だからこそ直之進たちは足を運んだのだ。狙いは、土崎周蔵と一緒にいた男だ。あの男の舟を操る腕は船頭そのものだ。猪牙舟は荷物を運ぶのに適さず、客を乗せることがほとんどだ。

だから直之進たちは今日は朝から船宿を当たっているのだが、まだ手がかりらしいものは一つもつかんでいない。

直之進は懐から人相書を取りだし、歩を進めつつにらみつけた。

狡猾そのものの目の男。これだけの特徴を持つ男なら、捜すのはそうむずかしくないのではないかと思えるのだが、探索というのはやはりそう甘いものではない。

それでも、めげることなく、直之進は船宿を当たり続けていった。

脳裏に千勢のことがある。千勢も、料永のあるじの利八が殺されたことに関して、必死に船宿を当たり、ついに手がかりを見つけたではないか。

男の俺が負けていられるか、という思いが直之進にはある。しかも、千勢はほとんど一人でしてのけたのだ。

今、自分は和四郎という男の用心棒をしているが、実際には和四郎が探索の手伝いをしてくれている。深川に土地鑑がまったくない自分にとって、道をよく知っている和四郎の存在は重宝この上ない。

おかげで、道に迷うことなく次々に船宿を訪れることができる。

千勢はどうだったのだろうか。もともと勘がすごくいい女だから、方向をまちがえてとんでもない場所に行くようなことはなかっただろうが、慣れない場所で相当の苦労はしたはずだ。

今、なにをしているんだろうな。直之進はふと思った。まさか佐之助と逢い引きなどしていないだろうか。

いや、二人のことを考えるのはよそう。考えたところで詮ないことだ。男女のことは、なるようにしかならない。

それでも、やはり千勢と佐之助が一線を越えるようなことにはならぬのではないか、という気持ちに変わりはない。

「湯瀬さま、どこかで食事にしませんか」

和四郎にいわれて直之進は歩みをとめた。

「もう昼か」

「ええ、九つはまわりました」

直之進は腹に触れてみた。

「確かにぺこぺこだ」

「湯瀬さま、なにか食べたいものはございますか」

「いや、腹が満ちるのであればなんでもいい。贅沢は申さぬ」

「さようですか。でしたら、その一膳飯屋でよろしいですか」

和四郎が指さす先に、幟《のぼり》がひるがえっている店がある。幟には、あさりらしい絵が描かれている。

「あさり飯かなにかかな」

「かもしれませんねえ。手前はあさりが好物なんですよ」

「そうか。でも和四郎どの、だいたいきらいな物があるのか」

和四郎が苦笑する。

「確かに苦手な食べ物というのはありませんが、それは湯瀬さまも同じなのではございませんか」

「ああ、まったくその通りだ。俺に好き嫌いはない」

「それはよいことでございます。湯瀬さま、さっそく入ってみましょう。繁盛しているようですから、きっといけましょう」

和四郎が暖簾を持ち、直之進を先に入れてくれた。ありがとう、と礼をいって直之進は足を踏み入れた。

土間に長床几が五つほど置かれ、その奥は二十畳くらいの座敷になっている。長床几はすべて埋まり、座敷も手前のほうを除いて客が一杯だ。

直之進と和四郎は小女に案内されて座敷にあがり、壁際のあいているところに腰をおろした。

壁には献立がたくさん貼られている。それを見ると、どうやらあさり尽くしの店のようだ。

「うまそうではないか」

「ええ、いいですねえ」

直之進はあさり飯とあさりの吸い物、和四郎はあさりの炊きこみ飯にあさりの甘辛煮、あさりの味噌汁を頼んだ。

「あさり飯と炊きこみ飯はちがうのだな」

注文を受けた小女が気ぜわしそうに立ち去ってから、直之進は和四郎にたずねた。

「手前は、湯瀬さまが吸い物にしたことは正しかったと思いますね」

「どうしてだ」

「それはくればわかります」

目の前にやってきたあさり飯は、汁がたっぷりだった。飯が隠れるほどで、ほかほかと湯気が立っている。

「味噌汁をかけてあるのか」

「そうです。味噌汁にあさりと青物を入れ、それを飯にかけたものです」

「ぶっかけ飯だったのか。好物だ」

「それはようございました」

和四郎の前にも炊きこみ飯が置かれた。

吸い物や味噌汁、甘辛煮など注文の品がそろうのを待って二人は食べはじめた。

「うまいな。嚙むとあさりが歯を弾くようだ。それによくだしがでている」

「炊きこみ飯は、ご飯のほうにあさりの味がよくしみていますよ」

和四郎は甘辛煮にも箸をのばした。

「うむ、こいつもいい。手前には少ししょっぱいですけど、ご飯は進みますねえ。湯瀬さまもどうぞ」

ありがとう、と直之進は甘辛煮を少しつまんでみた。確かにしょっぱいが、吸い物と一緒に食してみると、海の旨みが口一杯に広がって、もっとたくさん飯を食べたい気分になった。ただ、用心棒として腹八分目がいいことは熟知しており、食べ終えると同時に直之進は箸を置いた。

少しおくれて和四郎も、うまかったですねえといって満足げな笑みを見せた。

二人は店を出た。和四郎が代を払ってくれた。

「いつもすまんな」

「守っていただいている身である以上、このくらいは当然でございます」

和四郎が目の前を走る川に視線を向ける。風が流れ、さざ波が小さな音とともに立ちあがり、右手からやってきた猪牙舟の舳先に当たって二つになった。風が吹きやむと同時に、さざ波は消えた。

「しかし湯瀬さま、外をこうして自由に動けるというのはようございますなあ」

「これも徳左衛門どののおかげだな」

「まったくでございます。うまい飯にもありつけますし」

「和四郎どのは、そのことを最も喜んでいるようだな」

「根が食いしんぼうなものでございますから」

和四郎は破顔したが、表情をすぐに真剣なものに戻した。

「湯瀬さま、土崎周蔵についていた男の人相書を見せていただけますか」

直之進が手渡すと、和四郎は瞬きのない目でじっと見た。

「何度見ても、ずる賢さを感じさせる男です」

和四郎が人相書を返してきた。

「湯瀬さま、必ず見つけましょう」

和四郎の目には、執念の炎が燃えている。

この男は、と直之進は思った。悦之進どのたちの遺骸を目の当たりにして、仇討をしたいと強烈に願っているのだ。米の安売りを調べるより、むしろ仇討こそ成し遂げたいと考えてくれている。

「ありがとう」

直之進は思わず頭を下げていた。

九

昨日に引き続いて、千勢は職捜しに出た。

今日は空に重く雲が立ちこめ、北からの風が春とは思えないほど冷たい。雲の上に太陽がいてくれるのがかろうじてわかる程度の明るさに江戸の町は包まれており、風が着物の裾をまくりあげるたびに千勢は背筋を震わせる寒さを感じた。

やってきた口入屋は今日も高畠屋だ。

お咲希は連れてきていない。どうしてか少し元気がなかった。具合が悪いの、ときいたが、お咲希はきっぱりと首を振った。どこも悪くないよ、と。

一緒に行こうと誘ったが、これにも首を振った。ご本を読みたいの、と答えた。少しおかしさは感じたが、千勢は、高畠屋は近所だからすぐに戻れることもあって、長屋を出てきたのだ。

「どういう仕事をお捜しですか」

昨日とはちがう奉公人にきかれた。

「まだ決めていません。できれば、この近くの料亭や料理屋さんがいいんですけど」

そういうところには必ず賄いがある。それは独り身の女にとって大きい。

「でしたら、いくらでもありますよ」

奉公人が自信満々にいう。

「こちらなどはいかがです」

帳面を繰って、見せてきた。

「こちらは格式のある料亭です。半季奉公で賃金はかなりのものですよ。住みこみですけど、それはかまいませんね」

眉も剃っていなければお歯黒もしていない千勢を見て、奉公人がいう。独り身ならむしろ住みこみのほうがありがたいのではないかといいたそうな顔だ。

「住みこみじゃあ、駄目なんです。子供がいるもので」

「えっ、ああ、そうでしたか」

奉公人がさらに帳面を繰る。

「でしたら、こちらはいかがです。こちらも料亭です。同じ半季奉公で、賃金は先ほどのところより少し落ちますけど、それでもかなりいいほうですね」

「夜は何刻までですか」

「四つですね」

それではおそいな、と千勢は思った。お咲希が夜、一人でいるのが長くなってしまう。

「ほかのはありますか」

「そうですねえ」

奉公人は三つばかり料理屋の名をあげて説明してくれたが、これはというものは見つからなかった。

今日はあきらめ、千勢は高畠屋を出た。お咲希のことが気にかかっている。どうして、元気がなかったのか。なにか機嫌が悪いのか。でも、お咲希はそういう娘ではない。

やはり生まれた家を出て、寂しいのだろうか。そうかもしれない。自分では意識していなくても、一間しかない長屋では窮屈で、息がつまるというのもあるかもしれない。

千勢は早足で歩き、長屋に戻ってきた。自分の店の前に立ち、お咲希ちゃんと声をかけてから、障子戸をあけた。

お咲希はこちらに背中を見せ、文机の上にうつぶせている。本を読んでいて眠ってしまったように見える。

「お咲希ちゃん、そんなところで眠ると風邪を引くわよ」

しかしお咲希は答えない。

おかしいな。畳にあがった千勢はお咲希の顔をのぞきこんだ。

お咲希は目を閉じている。顔が妙に赤くないか。それに息づかいが荒い。

「お咲希ちゃん」

千勢はお咲希の額に手を当てた。

「熱い」

思わず声が出た。あわてて布団を敷き、お咲希を寝かせる。そこまでしても、お咲希は目を覚まさない。

たいへんだ。千勢は障子戸を破るような勢いで外に出て、隣の店の障子戸を叩いた。

「千勢さん、どうしたの」

前は登勢という名を名乗っていたが、今はちゃんと本名を長屋の人たちに教えてある。

千勢は顔を見せた女房にわけを話した。

「わかったわ。すぐにお医者を呼んでくる。待っててね」

すねもあらわになるのもかまわずに女房が駆けだしたのを見送って、千勢は、お咲希のもとに戻り、枕元に正座した。お咲希の顔を見つめる。額に手をやると、やはりひどく熱い。人というのがこんなに熱くなってしまうものであるのを、千勢ははじめて知った。

どうすればいいのかしら。

とりあえず桶に水をため、冷たくしたおしぼりをつくってお咲希の額にあてた。

ほかに自分にできることはないか。捜してみたが、よくわからない。こういう経験ははじめてなのだ。

自分が風邪を引き、母親にしてもらったことはなにか。千勢は必死に思いだした。

あとは、汗びっしょりになった着物を替えてもらったことだ。だが、お咲希の着物はまださして濡れていない。つまり、熱が出はじめたばかりなのだ。

ほかにできることはないか。千勢は必死に考えたが、思いだせることはなかった。風邪の場合、ただ寝ているよりほかにないのだ。

「千勢さん、連れてきたわよ」

障子戸があく。隣の女房が赤くなった顔を見せ、医者の手を取って引っぱった。

「まあまあ、そんなに急かさんでもよろしいよ。はい、ごめんなさいよ」

頭をつるつるにし、十徳《じっとく》を羽織った医者が入ってきた。

「この子かね」

枕元に腰をおろし、まず熱を見た。それから脈を取り、目の色を見た。

「ふむ、風邪だね」

「重いのですか」

「重くないといったら嘘になる。でも、子供はこのくらいの風邪にはよくかかるものだ。おしぼりはいらない。熱が出るのは、体のなかの毒を消そうとしているからだ。とにかく汗をよくふいてやることだね」

「なにかお薬は？」

「今、飲ませたところで効く薬などない」

医者がきっぱりといった。

「えっ、そうなのですか」

「そうだよ。薬というのは風邪の引きはじめか、治りかけた頃にようやく効きはじめるものなんだ。体が頑健なら、薬など関係なく治るものだ」

「でも、この子は体も小さいし、頑健とはとても思えないんですが……」

「おまえさん、この子の母親かい」

「……いいえ、ちがいます」

「まあ、そうだろうね。この子は頑健だよ。大丈夫、必ず治る」

そこまではっきりといわれれば、千勢としては信ずるしかない。医者には二朱の代をいわれ、支払った。

「なにかあれば、また呼びなさい」

医者は帰っていった。

「千勢さん、今のお医者、名医って評判だから連れてきたんだけど……あれで二朱って高すぎるよね」

そばについてくれていた女房がすまなそうにいった。

「あたしら、ろくに医者なんてかかったことなくて、よく知らないものだから」

「謝る必要なんてありません」

千勢は笑みを見せた。

「本当に名医だと思います。もし儲けようと思っているのならば、きっといろいろな薬をだしていたはずですから」

「ああ、そうよねえ」

「いいお医者を連れてきてくださり、ありがとうございました」

「いいのよ。そんな礼なんていわれると、照れちゃうわ」

女房は、なにかあったら遠慮なくいってねといって引きあげていった。

障子戸を静かに閉めた千勢はお咲希の枕元に戻った。

「ごめんなさいね、気づかずに」

お咲希が風邪を引いてしまったのは、これまでいろいろとあって、気疲れが重なったためなのだ。

そのことにもっとはやく気づいてあげていれば、寝こむようなことにはならなかったはずなのだ。

駄目だなあ。千勢は自らの無力を感じた。こんなので、お咲希の母親がつとまるはずがない。

しかしこんな駄目な母親でも、お咲希がすがれるのは自分しかいない。

今私にできることは、と千勢は思った。お咲希の看病をひたすらすることだけだ。

第二章

一

「それで、どう調べますかい」

中西道場の前で琢ノ介は弥五郎と落ち合った。

ずっと曇天で、冷たい風が吹き通しだった昨日とは異なり、つややかな朝日が家々の軒を避けるように射しこんで、弥五郎の横顔を鮮やかに照らしだしている。厚い雲の群れは夜のうちにどこかに去ったようで、青空が江戸の町を覆い尽くしている。これなら、今日はずっといい天気になりそうだ。

「昨日、打ち合わせた通りにしよう」

「それなら、まずは口入屋ですね」

「そうだ」

琢ノ介は刀を腰に差し直した。

「弥五郎、行こう」

「合点だ」

二人は穏やかな陽を浴びて、歩きだした。

琢ノ介と弥五郎は、殺された当日の中西悦之進たちの動きのあとをたどることにしたのだ。

悦之進たちが土崎周蔵の罠に落ちたのははっきりしているが、どこからその罠がはじまっていたのか。

琢ノ介は懐から人相書を取りだした。周蔵と一緒にいた小ずるそうな男だ。これは富士太郎からもらったのだ。

「師範たちはこの男に導かれて、あの向島の別邸に行ったのがわかっている」

「さいですね」

「どこで師範たちは、この男と知り合ったのか」

「そうですね。そいつがわかれば、探索はきっと進みますよ」

弥五郎が見つめてきた。

「師範代は、師範と一緒に蔵前の口入屋を訪れたんですよね」

「そうだ。あれは、米田屋から紹介を受けた口入屋の次の口入屋だ」

その口入屋は伊那屋《いなや》といって、浅草御蔵前片町にある。道をはさんで、浅草御米蔵と呼ばれる、幕府がじかに管理している広大な米蔵があったのを琢ノ介は覚えている。

「しかし弥五郎、おぬし、仕事はいいのか」

「ええ、もちろんですよ。休みをもらってきましたから」

琢ノ介は頬を指先でかいた。

「今さらききにくいのだが、弥五郎、おぬしはなにを生業にしているんだ」

えっ、という顔で琢ノ介を見る。

「あれ、お話ししていませんでしたっけ。あっしは石工《いしく》ですよ」

「石工か。じゃあ、鑿《のみ》と金槌でがんがん石を打っているのか」

「あっしは、もっと細かい仕事をしているんですけどね。石の形をととのえる、最後の仕上げですよ」

「じゃあ、かなりの腕利きなんだな。休んで大丈夫なのか」

「親方は渋い顔をしましたねえ。なにしろ、あっし以外にできねえ仕事なんで」

「親方は困っているだろう」

「かもしれませんけど、仕事より大事なものが男にはありますからね。親方もわかってくれましたよ」

「だいぶ説得したんだな。いや、脅したんじゃないのか」

弥五郎は、いたずらっ子のように笑っただけで答えなかった。

「それで、あの日、伊那屋でなにか得ることができたんですかい」

琢ノ介は思いだした。伊那屋という口入屋で、矢板兵助という中西家の家臣だった男が、悦之進の父の君之進を罠に陥れた者を捜しだす主役を担っていた。伊那屋で兵助は行方がわからなくなった三人の蔵役人のうちの二人、高築平二郎《たかつきへいじろう》と杉原惣八《すぎはらそうはち》の妾のことを店の者にきいていた。

しかし伊那屋ではその二人に妾を世話したことはなく、別の口入屋を三軒、紹介されたのだ。それを受けて琢ノ介たちは伊那屋を出て歩きだしたのだが、そのとき声をかけてきた若い女がいたのだ。若いといっても年増だが、その女は伊那屋にいたのだ。

「その女は、なんで声をかけてきたんですかい」

「高築平二郎の妾を知っているといってきたんだ」

「その年増女は、教えてくれたんですね」

「ああ、妾は お雅《まさ》といい、本郷金助町《ほんごうきんすけ》の一軒家に住んでいるということだった」

「師範代は、そのお雅さんという女に会ったんですかい」

「いや、翌日、師範たちは行かれたが、わしは道場に残った」

「どうしてですかい」

「わしまでそんなにあけていたら、門人たちの稽古を見る者がいなくなってしまう」

「ああ、そうですねえ」

「だが、わしはそのためにこうして生き残れたと思っている」

琢ノ介の言葉の意味を解したようだが、弥五郎は黙っている。

「もしあの日、師範たちと一緒だったら、わしはこうして弥五郎と道を歩いていることはない」

あの向島の別邸で悦之進たちと同様に、無惨な骸《むくろ》を横たえていただろう。

「師範代は、お雅さんのことを教えてくれた年増の名はききましたかい」

「ああ、お美礼《みれ》といった。ちょっと珍しい名だから、覚えている」

「住みかは？」

「そこまでは知らん」

「顔は覚えてますかい」

「会えば、わかると思う。その程度だ」

「そうですかい」

弥五郎が腕を組んで考えこむ。

琢ノ介は歩を進めつつ、横顔を見た。思慮深そうな顔つきをしている。へえ、と琢ノ介は感じ入った。意外といっては失礼だが、頭の働きはかなりよさそうに見える。

その足で琢ノ介たちは本郷金助町へ行き、高築平二郎の妾だったお雅の家を訪ねた。清潔さにあふれている家で、居心地のよさがほんのりと見えている。枝折り戸を入り、琢ノ介は訪いを入れた。なかから応えがあり、障子戸があいた。

けっこう歳がいっているのかと考えていたが、思っていた以上に若い。まだ二十歳をいくつも出ていないのではないか。

「お雅さんだね」

「は、はい、そうですけど」

琢ノ介は名乗り、弥五郎を紹介した。

「平川さまに弥五郎さんですね」

お雅に、濡縁に座るようにいわれ、琢ノ介たちはその言葉に甘えた。

琢ノ介は用件を口にしようとした。それを制するようにお雅がいう。

「今、お茶をいれます」

「いや、気をつかわんでくれ」

「今、ちょうど飲んでいたんです」

そこが居間になっているらしく、火鉢が置かれていた。鉄瓶から湯気が出ている。

二つの湯飲みを手ばやく用意したお雅は、すぐに茶をいれて琢ノ介たちの前に置いた。

「どうぞ、召しあがってください」

「ありがとう。弥五郎、いただこう」

「ええ」

弥五郎が柔和に笑い、湯飲みを手にした。

「おいしいですねえ」

「そうですか。そうおっしゃっていただけると、とてもうれしい」

「いい茶葉をつかっているようだな」

琢ノ介はじっくりと味わった。

「そうでもないんですよ」

お雅は少し暗い顔になった。手当が入ってこぬからだな、と琢ノ介は思った。

高築平二郎の行方が知れない今も、お雅は同じ家に住まっている。平二郎たち三人の蔵役人は安売りの米の横流しに関わっていて、口封じのためにすでに殺されてしまっていると琢ノ介は踏んでいるが、平二郎の安否がはっきりしない以上、お雅としては動くに動けないというところかもしれない。しかし、いずれこの家は出なければならないだろう。

「そんなにいい茶葉でないのなら、いれ方がいいんだろう」

熱いのを我慢して茶を一気に飲み干し、琢ノ介は湯飲みを濡縁に置いた。あらためて用件をいう。

「ええ、よく覚えています。あの日は、お二人のお侍がこちらにいらしたんです」

あの日、悦之進たちは六人でここまで来たはずだ。二人というのは、大勢で押しかけて驚かせたくないという配慮が働いたからか。訪ねたのは、兵助と尽一郎だろう。

「どんなことをきいていった」

「私の旦那さまのことです。ああ、そうだ。これをお見せしました」

脇の文机から一枚の文を取りだし、お雅は琢ノ介に手渡した。

「見ても?」

「もちろんです」

琢ノ介は文をひらいた。一読してから、弥五郎にも読ませた。文には、じきに戻れるはずだから待っていてくれ、という意味のことが書かれていた。

「これはいつ届いたのかな」

「お二人が見えた前の日です」

「そうか。この文を見る限り、高築どのは生きていることになるな。これは高築どのの筆跡かな」

「ええ、まちがいありません」

琢ノ介は文を返した。お雅は大事そうに文机にしまった。

「お雅さん、お美礼という女を知ってるな」

「はい、お友達です」

「どこに住んでいる」

お雅が首をひねる。

「それは知りません」

「友達なのにか」

「きいても、言葉を濁されてしまうんです」

「ほう、言葉をな」

琢ノ介は横の弥五郎を見た。弥五郎は、続けるように目顔でいってきた。

「お雅さんは、どういう形でお美礼さんと知り合ったんだい」

「お稽古事で知り合いました。お花です」

「生け花か。先にお雅さんが習っているところに、お美礼さんがあとから習いに来たのではないか」

「はい、その通りです」

やはりな、と琢ノ介は心中でうなずいた。これ以上、お雅にきくことはない。

悦之進たちを罠にかけるためだけに、お美礼という女はお雅に近づいてきたのははっきりしている。文は周蔵が脅して書かせたのだろう。

お雅に場所をきき、生け花の師匠の家に行った。師匠はかなりのばあさんで顔はしわくちゃだったが、肌つやがよく、背筋はぴんとして、まだそうたやすくあの世に行きそうもない強さが感じられた。

琢ノ介はお雅の紹介でやってきたことを話し、お美礼の住みかがどこかきいた。

「お美礼さんですか。もうやめてしまいましたよ」

住まいは知っていたので、教えてもらい、琢ノ介たちは足を運んだ。

師匠の家からおよそ六町ばかり西へ行った場所に家は確かにあったが、そこにお美礼はいなかった。空き家でしかない。

近所をききまわった。しかしお美礼のことを知っている者は誰もいない。もともと、この家には住んでいなかったのだ。

二

見つからぬものだな。

直之進は胸中で口にした。

「なにかおっしゃいましたか」

うしろから和四郎にきかれた。

「いや、見つからんなあ、と思ってな」

和四郎が苦笑いする。

「確かに、見つかりませんね。もう何軒の船宿をまわりましたか」

「わかってはいたものの、しかし江戸にはすごい数の船宿があるものだな」

「ええ、まったくです。どこへ行くのにも舟は都合がいいですからね」

いたるところに川があり、歩いてゆくよりはるかに楽だから、つかう者が多いのもよくわかる。

その後も、直之進は和四郎とともに船宿を当たり続けた。

だが、やはり当たりくじは引けない。周蔵と一緒にいた男を知る者は、これまでのところ一人もあらわれない。

あの男が働いていたのは、船宿ではないのかもしれぬ。直之進は思った。荷船にも船頭はいくらでもいるのだ。

だがここで方向を転じてもはじまらない。それは、すべての船宿を当たってからだ。

途中、昼飯にしたり、茶店に入ってつかの間の休息を取ったりしながら、直之進は探索を続けた。

一軒の船宿に入り、出てきたとき、直之進は横合いから呼ばれた。見ると、立っていたのは町方同心の樺山富士太郎だった。

「直之進さーん」

女のように尻をくねくねさせて近づいてきた。その仕草に直之進はぎょっとしたが、顔にはあらわさず富士太郎を待った。

富士太郎は満面の笑みだ。娘のように跳びはねそうだ。

「こんなところでばったり会うなんて、やっぱり強い絆で結ばれているんですねえ」

直之進はなんと答えていいかわからず、無言だった。

富士太郎が顔を寄せてきた。

「どうして黙っているんですか」

直之進は少し身を引いた。

「いや、別に黙っているわけではない」

申しわけないという顔で、富士太郎の背後に珠吉が控えている。

直之進は咳払いした。

「富士太郎さんたちはどうして深川に。縄張ではないよな」

「もちろん土崎周蔵捜しに駆りだされているんですよ。だって、六人の侍が殺された大事件ですよ。——直之進さんたちはどうしてこちらに」

富士太郎がちらりと横を見る。

「ああ、船宿を当たっているんですね。そういうときの目は、さすがに町方同心だ。周蔵の手下と思える男ですか」

「そうだ。あの男の舟の扱いは並みではなかったから」

「もともと船頭ではなかったかと踏んでいるわけですね」

直之進はうなずいた。

「ああ、そうだ。ちょうどいいから伝えておきますよ」

富士太郎が少し声をひそめる。

「そうか、周蔵の手下の男は『よのさん』と呼ばれていたかもしれぬのか」

「ええ、そうです。お役に立ちますよね」

「もちろんだ」

「やっぱり。ああ、うれしい」

富士太郎は両手を組み、体をねじるようにして喜びをあらわにした。

これを見る限り、やはり男ではないように思える。背後で和四郎も目をみはっているのを、直之進は感じ取った。

「よのさん、か」

直之進はつぶやき、どんな名が考えられるか、心のなかで数えあげていった。

よのすけ、よのきち、よのえもん、よのたろう、よのざえもん、よのべえ。

考えられるのはこれくらいか。しかし大きな一歩といえる。名がわかっている
のとわからないのとでは、全然ちがう。

「ありがとう」

直之進は心から礼をいった。

「いえ、どういたしまして」

富士太郎がとろけそうな笑みを見せる。

直之進は懐から人相書を取りだし、目を落とした。

「あれ、直之進さん、それ、それがしが渡したものではありませんね」

「ああ、千勢に描いてもらったんだ」

「どうしてです」

「そんなに目をとがらせないでほしいな」

「とがってなんかいませんよ」

直之進はやんわりと説明した。

「そうですか、あまり気に入らなかったんですか」

「大事な探索だからな、違和感を持ちたくはなかったんだ」

「そういうのはよくわかります」

富士太郎は納得してくれた。

「直之進さん、昼餉はもう？」

「ああ、食べた」

「それは残念」

「富士太郎さんたちはまだなのか」

「ええ。ちょっと仕事を一所懸命しすぎてしまいましたよ」

「富士太郎さんらしいな」

「えっ、そうですか」

「うん、仕事熱心な男というのは見ていて気持ちいいから」

「男ですか」

「富士太郎さんは男だろう」

「そうなんですけどね……」

富士太郎がすねたような目をする。

富士太郎と話していることに、直之進はげんなりしてきた。

「だったら直之進さん、お茶でも飲みませんか」

直之進が去ろうとするのを、女の勘ともいうべきもので察したらしい富士太郎が誘ってきた。ここで断るのも大人げない気がした直之進は振り返り、和四郎を見た。いいかな、と小声できく。

「もちろんですよ」

和四郎がこそっという。

「ここでもし断ったら、まちがいなく角が立ちますよ」

「——なにを二人で話しているんですか」

富士太郎は和四郎に、明らかに焼き餅を焼いている。

直之進は富士太郎に向き直った。

「どこかいい茶店を知っているのか」

富士太郎が音をさせて胸を叩く。

「まかせてください。それがしはあまり知りませんけど、この珠吉が知っていますから」

三

どうしているのか、気になって仕方ない。佐之助は音羽町四丁目にやってきた。いつもの町人の格好だ。

千勢の長屋に足を向ける。本当はこんなことをしている場合ではないのだ。利八の仇を討とうと決意した千勢を説き伏せ、佐之助は代わりにやるといったのだから。千勢の顔見たさに、足を運んでいる場合ではないのだ。

だが、どうしても佐之助は会いたくてたまらない。しばらく顔を見ずにいると、まるで煙草飲みが煙草を取りあげられたように落ち着かない気分になるのだ。

千勢の長屋の木戸をくぐる。白昼だが、路地には誰もいない。風になびいているたくさんの洗濯物の白さがやけにまぶしい。

あたりは静かなものだ。どこか遠くから子供の歓声がきこえてくるが、この場所はその手の喧噪とは無縁の静けさを保っている。

佐之助は千勢の店の前に立ち、なかの気配をうかがった。

人の話し声がきこえる。男の声だ。どきりとする。まさか湯瀬が来ているのではないのか。だがもし湯瀬なら、あまりに無造作に近寄ったこちらの気配をさとったはずだ。

となると、誰か。

千勢の、風邪という声が耳に届いた。風邪か。どうやら、と佐之助は思った。お咲希が風邪を引いたようだ。ということは、この男の声は医者のものだ。どうやらお咲希は高い熱を発しているらしく、それが下がっていないようだ。医者は、熱が出ることを体のためにいいといっているようだ。千勢はちゃんときいてはいるが、納得していないのがわかる。

この場所が静かなのは、住人たちがお咲希が寝こんでいることを知り、気をつかっているからだというのが知れた。

いいところに住んでいるんだな、と佐之助は思った。胸のうちにあたたかな灯がともった気がし、その感情に戸惑うものを覚えた。

お大事にどうぞ、と医者が長屋を出てくる気配がした。佐之助は千勢の店の前を離れ、木戸のほうに歩いていった。

そこから長屋の路地を見やると、医者を見送る千勢が見えた。佐之助はどきりとした。ずいぶんと久しぶりに顔を見た心地がする。

頭を坊主のようにつるつるにして、十徳を羽織っている医者は小者らしい者を連れておらず、一人だ。木戸をくぐり抜ける。

佐之助はそっと近づいた。

いきなり前途をさえぎられて、医者がどきりとする。

「な、なんですか」

佐之助は、お咲希の容体をきいた。医者が警戒の目をする。

「手前はあの子の父親です」

出まかせだったが、医者はあっさりと信じた。

「ああ、そうなのですか」

合点がいったという顔だ。なにかわけありと見たにちがいない。

「風邪ですよ。ただ、なかなか熱が下がらなくて……」

「薬は？」

「あげてませんよ」

「どうして」

かすかに声が険しくなった。医者が身を引き気味にする。

「どうして」

佐之助が重ねていうと、医者は千勢にいったのと同じ言葉を口にした。

「そうですか。わかりました」

佐之助は脇にどいた。医者がほっとした顔で、通り抜けてゆく。一間ほど離れたとき、振り返って気味悪そうに佐之助を見た。

「先生」

佐之助はすばやく振り向いた。いきなり目が合って、医者は驚いた。

「な、なにかな」

佐之助は呼びかけた。

つっかえそうに答える。

「本道と外科、どちらが得手《えて》なのです」

「両方とも得手ですよ」

「そうですか」

藪では決してなく、むしろ名医と呼ばれてもおかしくない医者かもしれない。

ただし、佐之助には、本道より外科のほうを得意にしているように見えた。

半刻ばかり千勢の長屋を離れていたが、佐之助は再びやってきた。

今度は長屋の女房たちが路地にいた。洗濯物を取りこんでいる。いつもなら大声でしゃべり合い、笑い合っているのだろうが、女房たちは殊勝な顔をしている。

千勢の店の前に立った佐之助に、この人はいったい誰だろうといいたげな、あからさまな視線を向けてきた。

佐之助は千勢のためにていねいに頭を下げてから、障子戸を静かに叩いた。千勢の声がしたが、佐之助は黙っていた。このほうが千勢には誰が来たのか、通じるはずだ。

障子戸が横に滑り、千勢が笑顔を見せた。佐之助の胸は一気に高鳴った。ああ、この顔を見たかったのだ、と心から思った。

「よく来てくれました」

千勢が顔を突きだし、女房衆に挨拶する。女たちが、お咲希ちゃんの具合はどう、ときく。だいぶよくなりました、ありがとうございます。千勢がいって佐之助を招じ入れた。障子戸が閉められる。

「具合はどうなんだ」

佐之助は、部屋の奥に敷かれた小さな布団の盛りあがりに目を向けた。

「それが……」

「熱が引かないそうだな」

「ええ」

どうしてそのことを知っているのか、という瞳をする。

「医者をつかまえてきいた」

「そうなのですか」

「こいつを持ってきた」

佐之助は紙包みを千勢に渡した。

「なんですか」

「煎じて飲ませれば、きっとよくなる」

「えっ」

せまい土間で向き合っているために、すぐそばに千勢の顔がある。佐之助は抱き寄せたくなるのを必死にこらえている。

千勢はお咲希のことで頭が一杯なのか、佐之助の気持ちに気づいていない。

「はやく煎じたほうがいい」

「あっ、はい」

千勢がかまどの前に立ち、薬缶《やかん》に湯をわかしはじめた。

「この薬は？」

千勢が中身をだしている。佐之助の鼻先になつかしさを伴ったにおいがまとわりつく。いや、どちらかといえばきらいなにおいだ。なつかしさなどあまりない。

「俺は子供の頃、体が弱くてな、よく風邪を引いたんだ。必ず高熱を発して、寝こんだものだ。そういうとき母親が与えてくれた」

「そうなのですか。よく効くのですね」

「俺にはな。だがお咲希にもきっとよく効くだろう」

「そうですか。ありがとうございます」

千勢が深々と頭を下げた。

「でも高かったのではないですか」

「さほどでもない」

今の佐之助にとってはそんなに高価ではない。昔、母親が買ってくれたときにはとてつもなく高かったはずだ。いつも母親は衣類などを売っていた。そのときのことを思いだすと、佐之助は切なくなり、胸がつまる。

湯がわき、薬缶に千勢が煎じ薬を入れる。すぐにさっきまでとは異なるにおいが立ちあがってきた。

千勢が一瞬、顔をしかめたが、佐之助に悪いと思ったのか、平気な表情をつくった。

「無理せんでもいい。俺もこのにおいは苦手だ」

千勢がほっとした顔をする。

「さようでしたか」

佐之助はその横顔を見て、またも抱き締めたい衝動に駆られた。しかし、とどまった。今の千勢の顔はどこかで見たことがあると思ったからだ。

すぐに思いだした。風邪を引いた佐之助を看病していた母親の顔にそっくりなのだ。つまり、今の俺は千勢の眼中にないのだ。

ここまで来る途中、利八の仇討の件について語るつもりでいた。手づまりになっていることを正直に告げる気だった。

だが、そのことに触れられるような雰囲気ではとてもない。

千勢が薬湯をお咲希に飲ませはじめるのを確かめて、佐之助はそっと店を抜けだすのが精一杯だった。

四

「お雅さん、あの家を出たらどうするんですかねえ」

斜めうしろを歩いている弥五郎がいった。琢ノ介は振り向いた。

「なんだ、いきなり。ずいぶん気にしているな。まさか惚れたのではあるまいな」

「とんでもない」

弥五郎が大仰に手を振った。

「あっしには女房子供がいます。そんな、惚れるだなんてあり得ないですよ」

琢ノ介はにっと笑った。

「どうかな。女房持ちが全員そんな心持ちだったら、浮気をする男なんていなくなっちまうぞ」

「そうかもしれませんけど、昨日はじめて会ったばっかりで、惚れるなんてこと、あっしにはありませんよ」

「ほう、一目惚れをしないというのか。弥五郎、おぬし、今の女房とはどうして知り合った」

「近所のご隠居の紹介ですよ。おまえさん好みの娘がいるから見合いしてみないかって」

「それで見合いしたんだな」

「しましたよ。すぐ一緒になりました。あっしの一目惚れでした」

弥五郎が口をとがらせる。

「でも、だからってお雅さんに惚れたってことはないですよ。なんてったって、あっしは女房一筋ですからね」

「そうか、よくわかったよ。お雅の行く末を案じたのは、江戸っ子の親切心からだな」

「そういうこってす」

弥五郎と会話しつつ、ふつうに笑いが出たことを琢ノ介は覚っている。決して悦之進たちの死を忘れたわけではない。仇を討ちたいという気持ちに変わりはない。

だが、やはり人というのはいつまでも沈んでいられるものではないのだ。どんなに悲しいことがあっても、必ずいつかは笑顔を取り戻すものなのだ。

琢ノ介は脳裏に秋穂の顔を思い描いた。おととい屋敷を訪れたとき、笑みを見せてくれた。まだまだはかないものだったが、あれも元気を取り戻しつつある証だろう。いいことだと思う。悦之進が秋穂のなかで生き続けるのは確実で、今は再婚など考える気にもならないだろうが、いずれ新しい人を見つけるかもしれない。秋穂はまだ若いのだ。悦之進だって許してくれるにちがいない。悦之進はそういう人だった。

琢ノ介ははっとした。わしは秋穂どのに……。

「師範代、どうかされましたかい」

「いや、なんでもない」

弥五郎が足をはやめ、琢ノ介の前に出てきた。顔をのぞきこむ。

「なにを考えてらしたか、当てて見せましょうか」

琢ノ介は目を丸くした。

「ほう、わかるのか」

「わかりますよ」

弥五郎は自信満々だ。

「師範代は今、背中がずいぶんとお幸せそうでしたからね。こういうとき、考えるのは一つ、おなごのことですね。誰のことを考えていたか、それは——」

弥五郎がにやりと笑う。

「ここまでにしておきましょう」

この男は、と琢ノ介は弥五郎を見つめて思った。今、確かにわしの心を見抜いていたのだろう。

「弥五郎、わしはそんなにあからさまだったか」

「おとといのことですかい」

やっぱりわかっていたか。

「そうだ」

「まあ、そうですね。でも、師範代は前からじゃないですか。そういえば、亡くなった矢板さまも同じでしたねえ」

兵助か。琢ノ介は兵助が憧れの目で秋穂を見ていたのを思いだした。つまり、おととい秋穂と会ったとき、わしはあの兵助と同じ目をしていたということになる。それでは、ばれないほうがおかしい。

「ご内儀は、どうされるんですかねえ」

弥五郎がしみじみとつぶやく。

「どうされるってなにが」

「まだお若いですよね。まさかずっとあの屋敷にいらっしゃるってことはありませんよねえ」

「再婚か。どうだろうかな」

「師範代、ご内儀をもらってはいかがですかい。そうすれば、道場もそのままってことになりますよ」

「弥五郎、そんなことができるわけがない」

「どうしてです」

「そんなことをしたら、わしが道場目当てに一緒になるみたいではないか」

「そんなこと、誰も思いませんよ」

「おまえたちは思わんかもしれんが、そう思う者はいくらでもいるんだ。侍というのは、わしのような端くれでも、そういうふうに思われるのは避けねばならんのだ」

「体面ですかい。わかるような気もしますけど、お侍ってのはいろいろと面倒なものですねえ」

「わしはそういう面倒を避けて生きたいと願っているが、やはりそうそううまくいくものではないな」

「血ですかい」

「そういうことになるのかな。幼い頃から叩きこまれたことは、長じた今になっても抜けんということだ」

「三つ子の魂ってやつですね」

「まあ、そうだな」

琢ノ介と弥五郎は、ひたすら東に向かって歩き続けた。

大川に出た。吾妻橋を渡る。今日の陽射しは暑いくらいで、ずっと歩いてきて体は汗ばんでいる。川風が気持ちよかった。

吾妻橋の上は、琢ノ介の故郷の秋祭りのように大勢の人でにぎわっていた。風に吹かれつつ、大川を行きかう舟をのんびりと見ている者も多い。昼間からいちゃついている男女の姿も目につく。このあたりは、さすがに江戸としかいいようがない。故郷でもたわむれる男女はよく目にしたが、それは盛り場などが多く、しかもほとんどが夜だった。

琢ノ介たちは大川の左岸の道を北上した。

向島にやってきた。

「着きましたね」

目の前に建っているのは玉島屋の別邸だ。いかめしい門が見おろしている。ぐるりを高い塀がめぐっている。悦之進たちの急をききつけて駆けつけたときには気づかなかったが、これだけ高い塀なら、なかでなにが起きようと目にできる者など決していない。

「静かですね」

弥五郎があたりをはばかるように、小声でいう。琢ノ介はうなずいた。

「誰もいないし、入ろうとする者もいないんだろう」

「入っても大丈夫ですかね」

「そのためにここまで来たんだ。駄目だっていわれても、わしは入るぞ」

「さいでしたね」

琢ノ介はくぐり戸を押した。あかない。がっちりと閂《かんぬき》がおろされているようだ。

まわりにほとんど人けはないが、百姓らしい者が歩いているのが散見できる。

琢ノ介は弥五郎をうながし、別邸の裏手にまわった。

こちらにも門がある。表門にくらべたら、だいぶ小さい。弥五郎が扉を押した。

「あきませんよ」

琢ノ介はもう一度付近を見まわした。こちらは百姓の姿も見えない。

琢ノ介は、塀の向こう側の気配を探った。誰もいないのは確実だ。むろん、周蔵が待ち受けているようなこともない。

「弥五郎、乗り越えろ」

「合点」

弥五郎は、はなからその気でいたようだ。跳躍し、塀の上に手をかけた。幸い、忍び返しは設けられていない。琢ノ介は弥五郎の尻を押し、手助けをした。

弥五郎の姿はあっという間に消えた。かすかに音がして、扉があく。琢ノ介は身を滑りこませ、すばやく扉を閉めた。

「なにか残されてますかね」

町奉行所の者たちがさんざん調べたあとだろうから、期待はできないが、琢ノ介たちとしてはもう一度この場に来たかった。悦之進たちの霊が、なにかを伝えてくれるのではないか。これはもともと弥五郎の考えだ。弥五郎は剣術の腕もそうだし、一介《いっかい》の石工とはとても思えない。

「しかし弥五郎、おぬし、岡っ引でもつとまるのではないか。そのくらい体が動くし、頭も働くぞ」

「そうですかねえ」

弥五郎が頭をかく。

「人にいったことはほとんどないんですけど、白状しちまいますと、あっしの親父ってのが岡っ引だったんですよ」

「えっ、そうなのか」

「ええ。親父はあっしら家族には隠していましたけど、いろいろとその手の人が来たりするんで、子供ってやっぱり覚るんですよ」

「その血を受け継いでいるのか」

「かもしれませんね。親父はもうとうに死んじまいましたけど、度胸もよくて腕っ節も強かったそうで、捕物の際もいい働きをしていたそうです」

この弥五郎の父親なら相当のものだっただろうというのは、容易に想像がつく。

「でもあっしは、親父の仕事がいやで、自分は堅気の職につこうと思ったんですよ」

「それで石工になったのか」

「まあ、そうです。親方とは子供の頃からの知り合いでしてね。でも師範代がおっしゃる通り、あっしには親父の血は紛れもなく流れてますねえ」

琢ノ介と弥五郎は、邸内をくまなくまわった。静かすぎるほどだが、ときおり風がうなるようにきこえるのは、悦之進たちの魂の叫びのように感じられた。そのたびに琢ノ介は耳を澄ましたが、周蔵や周蔵の手下と思える者について示唆を与えられるようなことはなかった。

母屋は掃除されていたが、血の痕はやはり残っていた。琢ノ介は思わず合掌した。

母屋を出て、庭にまわった。

「おや」

弥五郎がつぶやく。

「どうした」

「いや、その庭石なんですけどね」

いわれて琢ノ介は木々のあいだに隠れているような、いくつかの庭石に目をやった。

「ちょっと気になりますねえ。なかなかの名石の類でそうはたやすく手に入らないものですよ」

「えっ、そうなのか」

琢ノ介はまじまじと見つめ、歩み寄って触れてもみた。だが、なんの変哲もないものにしか思えない。

「弥五郎、この石がなにか手がかりになると思うか」

「どうですかねえ」

弥五郎はかたく腕を組んで考えている。

「手がかりにつながるかどうかはわかりませんけど、このあたりではどこの石屋が扱ったものか、知りたいですね」

五

昨日はうれしかったねえ。富士太郎は独りごちた。

なんといっても直之進に会えたのだ。しかも偶然というのが、ことのほかうれしい。意図して会ったわけではない。待ち伏せたり、待ち受けたりしたわけではないのだ。

あそこで会えるように、神さまが舞台をととのえてくれたのだ。

やっぱり直之進さんとおいらは、結ばれるようにできているんじゃないのかねえ。

「旦那、なにをにやついているんですかい」

うしろから珠吉にきかれた。富士太郎は表情を引き締め、振り向いた。

「珠吉、どうしてうしろにいるのにそんなことがわかるんだい」

珠吉が笑みを浮かべる。

「旦那、いったいいつからのつき合いだって思ってるんですかい。機嫌がいいか悪いか、泣いているか笑っているかなんて、背中に顔がついてるみたいにわかりますよ」

「えっ、そうなのかい」

「そうですよ。それでにやついていたのは、湯瀬さまのことですね」

富士太郎は月代《さかやき》を手でかいた。

「珠吉にはかなわないねえ。その通りだよ」

「昨日、会えたのがそんなにうれしかったんですか」

「そりゃそうだよ。天にものぼる心地というのはああいうのをいうんだよ」

「でも旦那、前からいっていますけど、湯瀬さまにその気はありませんから、結ばれるなんてこと、夢見ないほうがいいですよ」

「おいらと直之進さんが結ばれるか結ばれないかなんて、珠吉にわかるわけないじゃないか。神さまじゃないんだから」

珠吉が笑いながらも、かすかに眉根を寄せる。いかにも困った顔だ。

「わかりますよ。だって直之進さんにその気は一切ないんですから」

「きっとおいらが変えてみせるよ」

「変わりゃあしませんて」

「変えられるよ」

「無理ですよ。あきらめたほうがいい」

富士太郎はついに足をとめた。

「今日は珠吉、折れないね」

「ええ、まあ」

珠吉がわずかに言葉を濁す。富士太郎は覚った。

「珠吉、そういえば、この前の非番の日、屋敷に来たみたいだね。おいらが母上に用をいいつけられて、親戚の屋敷に行かされたときだよ。ただのどうでもいいような届け物だったんだけど、あれはおいらを屋敷から遠ざけるためだったんだね」

富士太郎は珠吉をにらみつけた。

「珠吉、母上に頼まれたね」

「ばれちゃあ、仕方ありません。ええ、その通りですよ」

「なにを頼まれたんだい」

「お母上は、旦那のことをとても心配されています。なんといっても、樺山家の跡取りですから。それなのに見合い話を断り、その理由があろうことか旦那が男にしか目を向けていないためと知って、お母上は卒倒されかけたそうです。それで、あっしになんとか説得するように依頼されました」

「ふーん、そういうことかい」

「旦那、江戸は広いですからいろいろな人がいるのはあっしもわかっているんですけど、どうして男なんですかい。湯瀬さまはあっしから見てもほれぼれするほどいい男だとは思いますけど、だからといって、湯瀬さまとしっぽり濡れたいとかそんなことは一切思わないんですよ。なんとか、女のほうに帰ってきてもらえないですかね」

　まいったねえ、と富士太郎はつぶやいた。

「どうして直之進さんのことを好きになっちまったのか、そいつはおいらにもよくわからないんだけどねえ」

　珠吉は黙ってきいている。

「男ぶりに惚れたとしかいいようがないね。おいら、どうしても直之進さんに抱き締めてもらいたいんだよ」

　珠吉が愁眉《しゅうび》をひらく。

「抱き締めてもらうだけでいいんですかい」

「うん、まあ、そうだね。その先のことは考えていないもの」

「でしたら、あっしが湯瀬さまに頼んでみますよ」

「本当かい」

　富士太郎は、自分でも顔が輝いたのがわかった。

「でも旦那、それから先は一切なしですよ。抱き締めてもらうだけですから」

　富士太郎は、いいよ、とうなずいた。

「旦那、抱き締めてもらえば、きっと湯瀬さまの気持ちが変わるだなんて思っているかもしれませんけど、そいつは甘すぎますよ。湯瀬さまは男に興味、本当にないんですから」

珠吉に図星を指されて、富士太郎は小さく首を振った。

「つき合いが長いってのは、なんでもかんでも読まれて困っちまうねえ」

「よし、旦那、そうと決まったら、仕事に精だしましょう」

「わかってるよ」

富士太郎は歩きだした。体に力がみなぎっている。珠吉が頼んでくれるのなら、直之進もむげに断れまい。直之進のたくましい腕に強く抱かれる瞬間を想像したら、胸がきゅんとした。

「珠吉、わかっていると思うけど、おいらたちが捜しだすのは『よのさん』という男だからね」

「もちろんわかってますよ」

今日は朝から富士太郎たちは、この名に心当たりがないか、もう一度、玉島屋の先代和右衛門の知り合いを当たり続けてきた。

もう十名近くの者に会っている。だが、まだ「よのさん」という名に思い当たった者には会えていない。

富士太郎たちは、深川元町代地にやってきた。北側は広大な田畑が広がっている。緑が明るい陽射しに照らされて、目に痛いくらいまぶしい。

「ここですね」

「相変わらずきれいな家だね」

まだ建って間もないのがよくわかる。家自体はそれほど大きくないが、敷地がたっぷり取ってあり、垣根越しに見える庭は草木が豊かだ。濡縁のある座敷の障子はあけ放たれており、たくさんの盆栽が並んでいるのが見える。

「帰ってきたみたいだね」

「そのようですね。——邪魔するよ」

珠吉が枝折り戸をあけて入る。富士太郎も続いた。

「いるかい」

珠吉が座敷の奥に向かって声をかける。はーい、と女の声がした。

「あれ、一人住まいじゃなかったのかね」

「みたいですねえ」

若い女が奥から姿をあらわし、濡縁に出てきた。

「ああ、お役人。お役目、ご苦労さまでございます」

「真右衛門《しんえもん》さんはいるかい」

「はい、少々お待ちください」

女が裾をひるがえして、奥に向かう。

すぐに初老の男がやってきた。横にさっきの女が支えるようについている。歩き方からして、どうやら腰でも痛めているようだ。

「いらっしゃいませ」

濡縁との敷居際に座布団を敷いてもらい、その上に正座した。

「大丈夫かい。なんなら膝を崩してもかまわないよ」

「いえ、正座のほうが楽なんですよ」

「腰が痛いのならそうかもしれないね。おいらたちはこの前も来たんだけどね、おまえさん、湯治に出たって話をきいたもので、出直してきたんだよ」

「それは申しわけないことで。お手数をおかけしました」

「いや、いいんだよ。湯治でもよくならなかったのかい」

「いえ、これでもだいぶよくなりました。もっと向こうにいたかったんですけど、隠居の身と申しましても手前抜きではいろいろと商売に障りが出てしまいまして……」

　真右衛門はもともと油問屋のあるじで、隠居したあとはせがれが商売をしている。

「それで帰らざるを得なかったのか。たいへんだね。こちらは？」

　富士太郎は女のことをきいた。真右衛門は一人で気ままに暮らしていると店の者にきいてきたのだ。

「ああ、近くの口入屋に頼んで、来てもらったんです。気立てのいい子を、と頼みましたら、本当にいい子が来てくれました」

　真右衛門は目を細めて女を見ている。

　やっぱり妾なのかい、と富士太郎は思い、よっこらしょと濡縁に腰かけた。

「まだ体調が戻らないところを悪いんだけど、おいらたちがやってきたのは、玉島屋の隠居のことだよ」

「はい、和右衛門さんの」

「別邸で惨劇があったのは知っているかい」

「はい、ききました。とんでもないことが起きたものだと思いました」

「六人が斬り殺されたからねえ。おまえさん、あの別邸にはよく行っていたかい」

「ええ、まあ。盆栽がお互い好きで、あそこにもたくさんありましたから」

そうかい、といって富士太郎はわずかに前に身を乗りだした。

「おまえさん、『よのさん』と呼ばれていた男のことを知らないかい。この男なんだけどね」

富士太郎は周蔵の手下と思える男の人相書を手渡した。

「うーん、見たような顔ですね」

「ほんとかい」

「ええ、和右衛門さんのところに確かにこんな男が来たことがありますよ。誰かが連れてきたんですね」

「それは誰だい」

真右衛門が考えこむ。ついには頭を両手で抱えこむ真似までした。

「思いだしましたよ。あれは、玉島屋さんとご同業の呉服屋の末位屋《まついや》さんですね」

どんな字を当てるか、真右衛門は教えてくれた。

「末位屋。変わった字だね」

「末席を汚すくらいの商売をやれればいい、とか、確かそんなお話でしたね。ご主人は沖左衛門《おきざえもん》さんといいまして、和右衛門さんと仲がよかったんです。沖左衛門さんは盆栽も好きでしたけど、むしろ一緒に飲みに行ったりして遊ぶ仲間でした。和右衛門さんも道楽が大好きでしたけど、沖左衛門さんも同じでしたねえ」

なつかしむ口調でいった。

「末位屋はどこにあるんだい」

「残念ながら、店は潰れてしまったんです。道楽がいくらなんでもすぎたんですよ。家族も奉公人も散り散りになったとききました」

「沖左衛門さんがどうしているか、知っているかい」

真右衛門がかぶりを振る。

「いえ、生きているのか、亡くなってしまっているのかも知りません。今、どうされているんでしょうか。沖左衛門さんの消息をきかなくなって、もう五年以上になります」

「じゃあ、和右衛門さんの死ぬ前に店は潰れちまったんだね」

「そういうことです」

真右衛門との話はここで切りあげ、富士太郎と珠吉は家をあとにした。

「末位屋沖左衛門という名がわかっているから、珠吉、捜すのはそんなにむずかしいものではないね」

「ええ、あっしもそう思います」

まず、末位屋が店を営んでいたという北本所番場町にやってきた。自身番で沖左衛門のことをきくと、あっさりと住まいが知れた。今も存命なのだ。

町役人の案内で、富士太郎たちは路地裏の日当たりが悪い裏店にやってきた。

「ここかい」

「ええ、さようです。沖左衛門さんは、こちらに住んでいます」

今にも潰れそうに思える古い長屋だ。六つの店がどぶくさい路地をはさんで向き合っているが、いくつか空きがある様子だ。町人たちがひしめき合って暮らしている江戸では珍しいことだ。

こんなところに一人で住んでいたのでは、誰も消息はきかないわけだね、と富士太郎は納得した。むしろ隠していたのかもしれない。

町役人は右手の一番奥の店の前に立った。

「こちらです。——沖左衛門さん、いるかい。お役人がお見えだよ」

町役人が建てつけの悪い障子戸を、手慣れた感じであけた。

かび臭さが病人のように這い出てきたのを富士太郎は感じ、顔をしかめかけたが、我慢した。

薄っぺらい布団の盛りあがりが見える。

「沖左衛門さん、お役人だよ」

布団がもぞもぞと動き、年寄りがよろよろと起きあがった。富士太郎は土間に入り、あがり框に腰をおろした。

「無理をしなくていいよ。話をきいたらすぐに引きあげるからね」

沖左衛門は一人暮らしのようだ。

「はあ、すみません」

喉が潰れたようなしわがれ声だ。のそのそと四つん這いで近くまでやってきた。

その顔色の悪さに、富士太郎は息をのむ思いだった。なにかの病に冒され、死期が近いのは紛れもない。おそらく、近所の者の世話でかろうじて生きているのだろう。

「どんな御用ですか」

ぜいぜいと苦しげに喉が鳴る。

富士太郎は用件を告げた。

「ああ、『よのさん』ですか。確かにいましたねえ。なつかしい」

「知っているんだね」

「ええ、よく知ってますよ。名は代之助《よのすけ》というんです」

「この男だね」

富士太郎は人相書を見せた。

「ええ、そうです。こいつは最近のものですね。ちょっと老けたし、どうやら人も悪くなっているようですね。昔から善人とはいえませんでしたけど」

代之助は色町に出入りしている幇間だったという。

「もともとは上総《かずさ》あたりの漁師の出ときいていますよ」

玉島屋の和右衛門は代之助のことが気に入りで、好んで座敷に呼んでいたとのことだ。やがて色町から引き抜き、しばらく向島の別邸に置いていたはずだという。

「代之助には手前が引き合わせたんです。代之助で思いだすことといえば、元漁師ということもあって、舟を操ればすばらしい腕をしていたことです。鮮やかなものでしたよ。いつも猪牙に乗るたびに、感嘆したものです」

「今、代之助がどうしているか知っているかい」

「いえ、和右衛門さんが亡くなってからは、さっぱり消息はきかないですねえ。もっともその前に手前は店を潰してしまい、人さまの消息のことなど、気にしている暇がなくなっちまったんですが」

沖左衛門が歯のない口をあけて、自嘲気味の笑いを見せた。

「代之助のやつ、なにかしたんですかい」

「まあね」

礼をいって富士太郎は沖左衛門の長屋を出た。代之助がいたという深川扇橋町に行ってみた。

町名主の家に足を運び、人別帳を見せてもらった。昔の人別帳に、名は確かに載っている。代之助がこの町で暮らしていたのは、紛れもない事実なのだ。

だが、今はこの町の誰一人として、代之助の消息を知る者はいない。人別送りもされていない。今はもう人別帳からはずされてしまっている。

つまり、代之助という男は無宿者なのだ。

六

千勢はお咲希の額のおしぼりを替えた。そんなに熱くない。昨夜とは明らかにちがう。

お咲希の額にそっと触れてみた。やはり熱くない。お咲希の息づかいも、ふつうになってきつつあるようだ。

熱が引いたのだ。千勢はほっとして、倒れこみたいくらいだった。佐之助の持ってきた薬を、さじをつかって口に流しこむようにしていたのだが、それがきっと効いたのだ。それしか考えられない。

よかった。千勢は、心から佐之助に感謝した。会いたくてたまらなくなったが、佐之助が来てくれない限り、その気持ちは満たされることはない。

今どうしているのかしら。どこにいるのかしら。

千勢は壁に背中を預け、そんなことを考えた。目を閉じて、佐之助の面影を思い浮かべる。あたたかで上質な着物に包みこまれたような、幸せな気持ちになれた。

いつしか眠りこんでいたようだ。

誰かの声をきいたように思い、千勢は目を覚ました。今どこにいるのか確かめるように部屋のなかを見まわす。

まちがいなく自分の長屋だ。空耳だろうか。障子戸の向こうに人が立っている気配はない。

おかしいな。そう思いつつ千勢はお咲希に視線を向けた。

あっ。思わず声が出た。お咲希が目をあけていたからだ。

「目が覚めたのね」

千勢はにじり寄り、お咲希の顔をのぞきこんだ。

「よかった。顔色もよくなってる」

「本当？」

「ええ、本当よ」

「千勢さん、あたし、どのくらい眠っていたの」

「丸三日よ」

「えっ、そんなに」

「ええ」

千勢は、目を丸くしているお咲希がいとおしくてならない。

「千勢さん、おなかが空いた」

「わかったわ。今つくるわね」

「なにをつくってくれるの」

「いきなりご馳走というわけにはいかないから、お粥よ」

「お粥かあ」

「お粥は好き？」

「うん、好きよ。千勢さんがつくってくれるものなら、なんでも好き」

千勢は顔をほころばせた。

「ありがとう。そういってくれると、つくり甲斐があるわ」

千勢は台所に立ち、米を研ぎはじめた。

「すぐできるから、待っててね」

「うん、待ってる」

「お咲希ちゃん、梅干しは好きだったわね」

「うん、あまり酸っぱくないのが好き」

「そう。でも私が漬けたのは、残念ながら酸っぱいんだなあ。お咲希ちゃんのかわいい口がひん曲がっちゃうかもしれない」

「えっ、そんなに酸っぱいの？」

「ええ、酸っぱいわ」

「私、食べられるかしら」

「嘘よ。そんなに酸っぱくないわ。お粥と一緒に食べると、ちょうどいいくらいだと思うわ」

「それならはやく食べたいわ。もうおなかが鳴ってしょうがないの」

粥ができ、千勢は膳の上にのせてお咲希の枕元に持っていった。お咲希は自分で起きあがろうとしたが、さすがに病みあがりで、ふらついた。千勢はうしろから支えて、起きあがらせた。

「千勢さん、ありがとう。久しぶりに人の世に戻った気分だわ」

「夢ばかり見てたの？」

「そうなの。妙な屋敷や建物のなかで、物の怪《もののけ》みたいなのばかりに会ってたの」

「そうだったの。お咲希ちゃん、お帰りなさい」

お咲希がにっこり笑う。

「ただいま」

「さあ、食べて」

「食べさせて」

お咲希が甘える。

「はいはい」

千勢はさじを手にし、粥をすくった。それをお咲希の口に持ってゆく。

「ああ、おいしい」

お咲希はゆっくり咀嚼している。

「梅干しも食べさせて」

千勢は小鉢の梅干しを箸で取り、種を器用に抜き取った。それを粥と一緒にさじにのせた。あーん、とお咲希が口をあける。

「はい、どうぞ」

お咲希がまた咀嚼をはじめる。

「本当だ、そんなに酸っぱくないわ。千勢さんのいう通り、お粥と食べるとちょうどいいわ」

「そうでしょう」

千勢は笑顔でいった。本当に自分が母親になった気分だ。いや、私はこの子の実の母なのだ。お咲希ちゃんを一生守っていかなければならない。

声が出ない。佐之助は息をついた。障子戸は目の前にあるが、手がのびず、叩くことができない。

千勢の顔を見たい。見たくてならないが、どうしても障子戸に触れられない。

どうしてなのか。

千勢とお咲希。この二人のあいだに、どうにも入りこめないような気がしている。

敷居の高さを感じた。これはどういうことなのか。

今、土崎周蔵の調べは進んでいない。きっと自分の気の持ちようだろう。

千勢に報告することがないからだ。

どうする。佐之助は自問した。障子戸を叩こうとして、とどまる。

一人の男が路地に入ってきた。背中に荷物を背負っている。小間物売りだ。佐之助をなんだろうという目で見る。

佐之助はにらみつけた。小間物売りがびくりとする。

佐之助は肩を一つ揺すると、そのまま立ち去った。

七

なんとしても悦之進たちの仇を討ちたい。

その思いの強さは直之進のなかでまったく変わっていないが、真っ昼間にもかかわらず畳の上で横になっている。

天井が見えている。だいぶ見慣れてきた。小日向東古川町の長屋には、ずっと帰っていない。もう半月近くになるのではないだろうか。

天井は、長屋のものよりはるかに高い。それにきれいだ。

長屋の天井は、たくさんの手形がついている。これまで住んできた者が残したものだろうから、長屋の歴史そのものともいえる。いずれ自分もあの長屋を出るとき、つけるのだろうか。

出るとしたらどういうときなのだろう。今はあの長屋を出る日がくるとは思えないが、いつかは引っ越しするときがやってくるはずだ。どういう形で引っ越すのだろう。楽しみではあるが、一方で胸をうずかせるようなかすかな不安がないわけではない。

とにかく、今は目の前のこの仕事を全うしなければならない。札差の登兵衛の別邸に住み着いているも同然だが、用心棒という仕事を考えれば当然といえる。

直之進は今日、登兵衛のそばにいる。本当は今日も外に出て探索したいのだが、徳左衛門が治美の様子を見に、下高田村の家に戻ったのだ。治美は肺の病を患っている。

徳左衛門と治美は、父と娘ほど年が離れている。どういういきさつで二人が知り合ったのか、直之進はきいていない。

今のところ、きく気もない。いずれ、徳左衛門が話してくれると確信している。

登兵衛は今、和四郎となにか話し合っている。いてもかまわないといわれたが、直之進は気をつかって、与えられている部屋に引き下がったのだ。

登兵衛からは、今日は休息の日としてください、といわれた。徳左衛門もこの屋敷を出てゆく際、同じような言葉を口にしている。

「常に働き通しでは疲れるだけだ、ときに休息は必ず必要になってくる」

もっともだと思う。これは直之進が沼里にいるとき、剣の師匠にもいわれたことだ。

激しい稽古を続けているだけでは剣の上達はないと知れ。師匠はこういったものだ。

「体にときに休みを与えてやらぬと、真の強さは培われぬものだ」

稽古をしたら必ず休息を取る。これは口うるさくいわれた。だから直之進は休息の大切さをよく知っている。登兵衛や徳左衛門の言を素直に受け容れたのも、師匠の教えがあったゆえだ。

寝るか。この部屋には薄い布団が用意されていて、直之進はそれを腹の上にかけた。

昼寝などいつ以来か。沼里から江戸に出てきて、千勢を捜しだし、少しは江戸に慣れてきたときではないか。

庭に面した障子戸はあけっ放しにしてあって、そこから入ってくる風は気持ちよく、よい眠りを誘ってくれそうだが、用心棒としての備えが熟睡させない。

この屋敷に土崎周蔵はやってきたことがある。和四郎が追われたときだ。あのときは周蔵が姿を消したことで対決には至らなかったが、またやってくるかもしれない。油断は決してできない。気をゆるめた瞬間を狙って、乗じてくる狡猾さが周蔵にはある。

こうしてゆったりと部屋に入りこむ風に揺られるようにして、目を閉じているだけでも十分な休息になることは知っている。

心地いいな。眠りに引きこまれそうだ。全身がとろとろした感じで、実にいい。

しかし、やはり熟睡はできなかった。

無力と焦り。この二つが小さな針のように体に突き刺さっている感じがある。悦之進が殺されてからすでに五日がたつが、まだなんの手がかりも得ていないのだ。

こうしていて本当にいいのか。目を閉じたまま直之進は思った。周蔵の高笑い。あれを思いだすだけで、腹が煮える。

いや、いいのだ。焦ったところでやつは見つからない。今はこうして疲れを取る。それに専念しなければならない。

今日は休み、明日から再び動く。そうしないと、体がもたない。

見ていろ、周蔵。かならず引っとらえ、殺してやる。

そのためには「よのさん」と呼ばれるあの男を見つける必要がある。周蔵は穴の奥深くに隠れており、見つけるのに手間取る気がしてならないが、あの男は隙があるように思えてならない。

やつこそが、周蔵の弱点なのではないか。その思いがあるからこそ、直之進は「よのさん」に的をしぼっているのだ。

だが、やつをどうすれば見つけることができるのか。今のところ、なんの手立ても見つかっていない。

むっ。直之進は目をあけた。人の気配が塀の向こうでしている。いやな気配ではない。

直之進は立ちあがり、刀架の両刀を腰に帯びた。部屋を出て、歩きだした。門のところまで来た。門衛をつとめている男が、門をはさんで話している。直之進には誰が来たかわかっている。

「あ、これは湯瀬さま」

門衛が直之進に頭を下げる。

「大丈夫だ、入れていいよ。樺山富士太郎さんだろう」

「あっ、はい。さようです」

門衛がくぐり戸の閂をはずす。重い音が響いた。くぐり戸があけられ、富士太郎が入ってきた。

「ああ、やっぱり直之進さんだ」

娘のようにはしゃぐ。

「声がしたから、そうじゃないかって思ったんですよ」

珠吉も入ってきた。すぐにくぐり戸は閉められた。

「珠吉は、直之進さんは出ているからここに来ても無駄ですよっていったんですけど、それがしは、今日はきっとここだからって押し切ったんです」

「へえ、そうなのか。富士太郎さん、いい勘しているな。さすがに町方役人だけのことはある」

「これは、町廻りをしているからじゃないですよ。それがしの思いの強さです」

きっぱりいわれたが、直之進はきこえていない顔をした。

「それで、今日は？」

「ああ、お知らせがあるんです」

「ここではなんだから、母屋に行こうか」

「いえ、ここでいいですよ。すぐに探索に戻らなきゃいけませんから」

「そうか。では、きかせてもらおうかな」

富士太郎が話す。

「そうか、あの男は代之助というのか。上総の出身で、もとは幇間か」

「そういうことです」

富士太郎が相づちを打つ。

「今、それがしたちは、和右衛門さんがよく通っていた料亭や料理屋を、手がかりを求めて当たっている最中です。残念ながら、今のところまだなにもつかめていないんですけどね」

「いや、富士太郎さんたちならきっとすぐに手がかりはつかめるさ」

本心だ。自分が休んでいる最中もしっかりと仕事をこなし、こうしてすばらしい手がかりを得てくる。これが江戸の町方役人なのだろう。

「富士太郎さんたちの働きはすごいし、俺にはとても真似できることではない。本当にすばらしいと思う」

それにくらべ、自分がしていることなど探索と呼ぶのも恥ずかしいことなのではないか。

「お疲れの様子ですね」

富士太郎が気づかってくれた。こういうところも、なんとなく女を思わせる。

「いや、そうでもない。今日はずっと寝ていたから」

「えっ、そうなんですか。やっぱり疲れているんじゃないんですか」

直之進はわけを説明した。

「ああ、徳左衛門さんがいらっしゃらないのですか。じゃあ、登兵衛さんのそばを離れるわけにはいかないですねえ」

富士太郎が視線を転じて珠吉を見た。なにか目で合図をしている。珠吉は気づかない。いや、どうやら気づいてはいるが、気づかないふりをしているようだ。

「珠吉」

業を煮やしたように富士太郎が呼んだ。珠吉はいまだにきこえない顔をしている。

「珠吉っ」

やや声を高くした。珠吉がようやく気づいたような顔で、富士太郎を見つめる。

「なんですかい」

疲れたような声だ。

「とぼけないでおくれよ。はやく直之進さんにいっておくれ」

「わかりましたよ」

ため息をつきたげな顔で、珠吉が直之進に近づいてきた。すみませんといって、耳打ちする。

さすがに直之進は、自分の顔色が変わったのがわかった。

「まじめにいっているのか」

「ええ、すみません」

直之進は富士太郎を見た。富士太郎は顔を赤らめ、もじもじしている。

「どうして俺が富士太郎さんを抱き締めなければならんのだ」

小声で珠吉にいった。

「すみません」

珠吉はひたすら謝るだけだ。

富士太郎は、はやくと目でいっている。直之進はぞっとした。その場を逃げだしたい気持ちに駆られたが、手がかりを持ってきてくれた恩もある。むげにはできない。

さて、どうする。窮地に追いこまれた自分を知った。

「湯瀬さま」

横手から声がし、直之進は顔を向けた。助け船がやってきたのだ。

「ああ、和四郎どの」

「どうかされましたか」

「いや、なんでもない」

和四郎が富士太郎と珠吉に挨拶する。

「あるじが呼んでいます。おいしい羊羹がありますから、とのことですが」

「そうか、ありがとう」

直之進は富士太郎と珠吉に目を向けた。

「そういうわけなんで、これで失礼する」

「お二人もいかがですか」

和四郎が富士太郎たちを誘う。

「いえ、それがしたちはけっこうですよ」

富士太郎が興ざめした顔でいった。さっさときびすを返し、門を出てゆく。すまなげな顔で珠吉が直之進に頭を下げ、富士太郎のあとを追っていった。

和四郎が不思議そうにする。

「あれ、手前、なにか機嫌を損じるようなことをしましたか」

「とんでもない」

直之進は満面の笑みを向けた。

「和四郎どの、よく来てくれたよ」

八

弥五郎はたやすく見つかると思っていたようだが、玉島屋の別邸の庭に石を運び入れた石屋は、なかなか見つからなかった。

「いや、意外ですねえ」

弥五郎がやや疲れた顔で頭をかく。

琢ノ介は庭にあった石を思い浮かべた。茶色味を帯びた石で、谷川のような白い筋があり、それに苔がたくさんついていた。やはりどう考えても、変哲のない石としかいいようがない。

「珍しい石というと、名はついているのか」

「ええ、貴船石《きぶねいし》です」

「貴船？　なにか、きいたことがある名だなあ。確か、京の都にそんな地名があったぞ」

「ええ、その通りですよ。京に貴船神社というところがあるらしいんですけど、その神社近くの川の底から取れる石です」

「えっ、じゃあ、京から運んできたのか。きっと高いんだろうな」

「ええ、あっしも扱ったことがほとんどないんですけど、このくらいの大きさでおそらく一両はしますよ」

弥五郎が両手で、鞠ほどの大きさを示してみせた。

「それで一両──」

「本当ですよ。あそこにあった貴船石は、この二十倍はありましたね」

手を広げていった。

「じゃあ、二十両はするんだな」

信じられない高価さだ。二十両もあれば、四人家族が一年、楽々食べていける。

弥五郎が首を振る。

「いえ、そんなものではありませんよ。おそらく百両はくだらないでしょうね」

「なんだと」

塚ノ介は愕然とした。

「どうしてそんな高価なのに、誰も持っていかなかったんだ」

「あれが貴船石だって、知らなかったんでしょう」

弥五郎がさらりという。

「そんなこと、あるものなのか」

「だいたい貴船石なんて、あっしだって滅多に見るものじゃありません。価値を知らない人がほとんどでしょうね。それに、ひどく苔むしていましたからね、そうと気づかない人が多かったんでしょう」

「ふーん、そういうものなのか。しかし、あれをどこかの好事家に持ちこんだら、百両になるのか」

弥五郎がくすりと笑う。

「師範代、盗むのだってたいへんですよ。とんでもなく重いですからね。それに百両の価値があるって知ってそんなことをしたら、師範代、首が飛びますよ」

「ああ、そうだな」

塚ノ介は腕を組んだ。

「しかし、あんな空き家で風雨にさらしておくのは実にもったいないな」

「それでいい風合いが出るっていうこともありますからね」

「風合いか。趣味の世界はむずかしいな」

「師範代には、あまり似合わない世界かもしれませんね」

「そいつはいえるがな。だが、いつか俺も、貴船石を配した庭のある屋敷に住んでやるからな」

弥五郎が白い歯を見せた。

「その意気ですよ、師範代」

それから琢ノ介は弥五郎とともに、石屋をさらに当たり続けた。さすがに江戸といっても、石屋がそんなにたくさんあるわけではなく、弥五郎も知っている店が多かったが、ようやく玉島屋の別邸に貴船石を納入した店を見つけたときは、だいぶ日は傾き、やや冷たさを覚えさせる風が吹きはじめていた。刻限はすでに七つをまわっていた。

「やっと見つけましたね」

弥五郎がほっとして、琢ノ介にいった。

「本当だな」

琢ノ介も安堵の気持ちを隠せなかったが、まだ本当に見つけたとはいえなかった。

その年老いた職人がいるのは岡村屋《おかむらや》という石屋だが、玉島屋の別邸に貴船石を入れた店がなんという店であるかを知っているにすぎなかったのだ。

「秋田屋《あきたや》さんという店で、まちがいないんですね」

「ああ、そうだよ」

月代はしっかり剃ってあるが、まばらに生えているひげと小さな髷が真っ白な職人は深くうなずいた。腕はさすがに太い。

「店はどこにあるんですかい」

「南六間堀町にあったな」

「それは、深川南六間堀町ですね」

「ああ、そうさ。ほかにそんな町があるところはないよ」

ここは本所長岡町だが、深川のほうに土地鑑がほとんどない琢ノ介はどのあたりかさっぱりわからない。

「近いのか」

琢ノ介は弥五郎にただした。

「むちゃくちゃ遠くはないですけど、そんなに近いともいえませんね」

「行く気かい」

職人がたずねる。

「ええ、そのつもりです」

「行ったって無駄だよ。だって、もうだいぶ前に潰れちまったからね」

「そうなんですかい」

弥五郎が驚き、職人にきいた。

「どうして潰れちまったんです」

「秋田屋はいい庭師がやっていた店なんだ。おいらの飲み友達で、すごくいい腕の庭師だったな。名は末之助《すえのすけ》といってさ、三、四人の男をつかっていたんだけど、末之助が死んじまって、男たちは散り散りになっちまったよ」

「末之助さんに家族は？」

「いや、ずっと独り者《もん》さ。おいらと同じさね」

「秋田屋の職人がどうしているか、知っていますかい」

「いや、知らねえな。つき合いがあったのは、末之助だけだからな」

引きあげるしかなかった。年老いた職人は仕事に戻りたがっている。

「秋田屋の職人に会いたいですねえ」

つむじ風が土埃を激しく巻きあげる道を歩きつつ、弥五郎がいう。琢ノ介は顔に土が当たって痛かった。思わず下を向いた。

弥五郎が平気な顔で続ける。

「貴船石のことを調べて、なにかつかめるかどうかわかりませんけど、今はこの筋を手繰《たぐ》ってゆくのがいいように思えるんですよ」

琢ノ介は顔についた土を払った。

「弥五郎の思うように動いてくれ。それはおぬしの血がそう命じているんだろうから。わしはついてゆくだけだ」

「用心棒についてもらえるだけ、ありがたいですよ」

「用心棒といっても、下手するとおぬしのほうがわしより今は強いかもしれん」

とんでもない、と弥五郎が手を振る。

「それはありませんよ。まだまだあっしは師範代に及びません。それに――」

軽く腰を叩く。

「帯びることができませんからね」

その通りだ。弥五郎は丸腰だ。町人である以上、刀を持つことは許されない。

「持ちたいのか」

「そりゃもう。刀は憧れですからね」

「そういうものなのか」

弥五郎は、秋田屋の奉公人を捜して石屋をめぐりたいと考えているようだったが、すでに夕暮れの気配が漂いはじめている。職人たちはほとんどが仕事を終えている。

「帰るか」

琢ノ介がうながすと、弥五郎は少し未練ありげな顔をしたが、素直にうなずいた。

「ええ、帰りましょう」

二人は、牛込早稲田町に向かって歩きはじめた。

「ご内儀のところに寄っていきませんか」

途中、弥五郎がいった。

「いいのか、帰りがおそくなるぞ。家族が心配するだろう」

「いや、もうずっと心配かけ通しですからね、今さらですよ」

「弥五郎がいいのなら、わしはかまわんぞ」

弥五郎がにやりと笑う。

「なんだ、その顔は」

「えっ、なにか」

「そのにやけた顔はなんだといっておるのだ」

「いやあ、師範代、おわかりでしょう」

「わしのために秋穂どのに会いに行くといいたいのだな」

弥五郎は笑うだけで答えない。

「よかろう、わしのためということでよい。どのみちご機嫌うかがいはせねばならん」

二人は牛込若宮町に行き、八嶋屋敷の前に立った。門は閉じられていたが、弥五郎が訪いを入れると、すぐなかに入れられた。

この前と同じ座敷に通される。二人してかしこまっていると、すぐに秋穂が姿をあらわした。

「よくいらしてくれました」

笑顔を見せる。相変わらず美しい。しかしどこかはかない。

「お元気そうでなによりにござる」

琢ノ介はしゃちほこばっていった。

「平川さまも、ますます血色がよいように見えます。それに、おなかのほうも……」

琢ノ介は腹をさすった。

「そんなに食べてはおらぬのですが、腹は引っこみません。それでも、このところ歩きまわっていますので、少しは引っこんでくれたのではないかと期待しているのですが」

「でも、今のままのほうが貫禄があって、私は好ましく思います」

じき夜がやってくる刻限なので、琢ノ介たちは四半刻もいなかった。夕餉を一緒にいかがですか、といわれたが、弥五郎の家族が心配するということで固辞した。

「ほかの皆さんにも、よろしくお伝えくださいね」

秋穂はいったが、心からの言葉のように琢ノ介には感じられた。秋穂は生きる力にあふれている。

これなら大丈夫だ。琢ノ介は確信した。

九

残念だったねえ。樺山富士太郎は心のなかでつぶやき、首を振った。

昨日、あそこで直之進に抱き締められていたら、跳びはねるくらいうれしかっただろうが、機会はこれで失われたわけではない。きっと次がいつかめぐってこよう。

こんな半端な形で、終わっていいものでは決してないものねえ。

正面から射しこんでくる朝日は、ひどくまぶしい。春のものと思えない、矢のような鋭さをはらんでいる。

「一足先に夏がきちまったような陽射しですねえ」

前を歩く珠吉が手で庇《ひさし》をつくっていう。

「まったくだね。ねえ、珠吉」

「なんですかい」

珠吉が振り向く。

「また頼んでくれるかい」

えっ、という顔をする。

「湯瀬さまにですか。かまいませんけど、どうせまた同じだと思いますよ」

「昨日は邪魔が入ったからだよ。あんなことさえなければ、きっと直之進さんはおいらを抱き締めてくれるさ」

「あっしにはどうしてもそうは思えないんですけどねえ」

「珠吉が思うのは勝手さ。ねえ、また頼んでくれるかい」

「ええ、わかりましたよ。そのうちまた湯瀬さまに頼んでみますよ」

「そのうちじゃあ、困るんだよ。今度会ったときって、珠吉、いっておくれ」

珠吉がげんなりする。

「ええ、わかりました。次にまた湯瀬さまに会ったら、頼んでみます」

「げんまんだよ」

「ええ、わかりました」

「約束を破ったら、本当に針千本飲ませるからね」

はいはい、と珠吉が仕方なげに答える。

それにしても、と富士太郎は思う。このところ直之進の顔を立て続けに見ることができた。これはうれしい。思わず鼻歌が出てしまいそうだ。

それに、直之進は自分のことをほめたたえてくれた。富士太郎さんの働きは自分にはとてもできない、と。すばらしいともいってくれた。

でも、ちょっと心配だねえ。

直之進の顔色は決していいとはいえなかったからだ。休むようにいったのは登兵衛や徳左衛門とのことだったが、あの顔色を見たら、誰だってそういわざるを得ないにちがいない。

どうして、あんなに顔色がよくないのか。そんなのは決まっている。直之進はこれ以上ないほど、悦之進たちの死に責任を感じているのだ。

富士太郎は、直之進さんのためにも周蔵をとらえて獄門にしなければならないね、と決意を新たにした。そして、周蔵の背後にいる何者かもつかまえ、正体を白日のもとにさらさなければならない。

いったい、どんなやつが周蔵の陰に隠れているんだろう。はやく顔を暴きたいねえ。

「それで旦那、今日はなにをするんですか」

「代之助捜しだよ」

「それはあっしもわかっちゃあいるんですけど、どこを当たりますかい」

「そうさね」

富士太郎は、相変わらずまぶしい陽射しを送ってくる太陽に顔をしかめた。こんなにきついと日焼けしちゃうじゃないか。直之進さんにきらわれちまうよ。

「えっ、なんですかい」

珠吉が振り返っている。

「玉島屋の先代の知り合いを当たるしか、今のところはないね」

「和右衛門さんですね。だいぶ当たりましたけど、まだやるんですね」

「そうだよ。だいたいの人にもう二度ずつ会ったけれど、まだ会っていない人がいるはずだからね」

「誰がいましたっけね」

珠吉にいわれて、富士太郎は考えこんだ。確かに、二度会っていない者に思い当たらなくなっている。でも、まだ誰かいるはずなのだ。それもかなり重要な男に会っていないような気がする。

男か、男ねえ。富士太郎は盆栽の好事家、遊び仲間、同業の隠居、幼なじみなどの顔を次々に思いだしていった。

「——ああ、そうだ」

富士太郎は思いだした。それは男ではなく女だった。

「あの妾のところに行ってみようよ」

「ああ、いいですね。名はなんていいましたかね。おまきさんですね」

「家は確か……」

富士太郎は、額に人さし指を押しつけて考えた。

「旦那、覚えてないんですかい」

珠吉はからかう口調だ。

「覚えてるよ。ただ、ど忘れしちまっただけだよ」

「教えましょうか」

「いいよ。ちょっと待ってな、今思いだしてみせるから」

富士太郎は少しいらいらした。職業柄、名や地名を脳裏にしまいこむのは得手だ。どうして今日に限って思いだせないのか。

「あれ、駄目だねえ。歳なのかねえ」

「歳っていうほどでもないでしょう。旦那、降参ですかい」

富士太郎はあきらめ、教えておくれ、といおうとした。その瞬間、脳裏に光が走った。

「わかったよ。まったく、考えるのをやめようとした途端、これだものねえ。まったく腹が煮えるねえ。本所松倉町だよ」

「ご名答」

富士太郎と珠吉は足をはやめた。

建って間もない家だけに、おまきの住みかは相変わらずきれいだった。建物自体、やや強い陽射しを受けて、きらきら光っているようにすら見えた。

枝折り戸を入ると、あけ放たれた障子から家の奥のほうが見えた。誰もいない。

ごめんなさいよ、と珠吉が声をかけた。

はーい、と声がしておまきが姿を見せ、小走りに駆けてきた。

「ああ、これはお役人、いらっしゃいませ。お役目、ご苦労さまです」

「相変わらずきれいだね」

富士太郎は世辞でなくいった。自分から見ても、おまきはきれいだ。人の妾となってより磨かれてゆく女なのかもしれない。

富士太郎は沓脱ぎを見た。いかにも上等な男物の雪駄がのっている。

「これかい」

親指を立ててみせた。確か、新しい旦那がいると、前に来たときいっていた。

「ええ」

おまきが控えめにうなずく。

「じゃあ、一緒のところを邪魔しちゃ悪いから、本題に入るよ」

富士太郎は唇を湿した。

「前におまえさんが話してくれた、よのさんというのは、代之助という男だったのがわかった。ありがとね。それで、代之助という名をきいて、なにか思いだすことがないかって、寄らせてもらったんだよ」

「代之助さんですか」

おまきが首をひねる。そんな仕草にも色気が香る。見習いたいねえ、と富士太郎は心から思った。

いや、今はそんなこと考えている場合じゃなかったね。

富士太郎はおまきを見つめた。

「すみません、あたしにはなにも……」

「ああ、そうかい」

勇んでやってきただけに少し残念だった。

「申しわけなく思います」

おまきが頭を下げるのを合図にしたかのように、男が一人奥から歩いてきた。

立派な身なりをしている。

「これはご苦労さまです」

畳に正座し、ていねいにお辞儀する。

「緒加屋《おかや》増左衛門《ますざえもん》と申します」

丁重な名乗り方だ。ややふっくらとした頬を持っている割に、目が鋭い。脂ぎった顔は精力抜群というふうに見え、とてもではないが、堅気には見えない。油断のならない男という感じを、富士太郎は持った。

「おかやさん、というのかい」

どんな字を当てるのかきくと、増左衛門は教えてくれた。

「緒加屋さんか。珍しい名だね。なにを商っているんだい」

「金貸しにございます」

「ああ、そうかい」

直感にすぎないが、増左衛門の物腰に富士太郎は少し不審なものを覚えた。

この男、本当に金貸しなのかね。裏で悪さをしていないのか。

どうしてこんなことを初対面の男に覚えるのか不思議ではあったが、これも町方同心のなせる業だろう。

緒加屋増左衛門。この名を富士太郎は鑿で頭に彫りつけるように覚えこんだ。

第三章

一

秋穂が琢ノ介の名を呼び、手招いている。白くて薄い着物を着ている。なめらかな体が透けて見えて、琢ノ介はどきりとした。

秋穂どの、そんなことをしてはまずい。

いおうとしたが、喉がひからびたようになっていて、声が出ない。

ああ、わしは夢を見ているんだ。

琢ノ介は唐突に気づいた。今何刻かわからないが、夢を見るということは、もう夜明けが近いということだろう。昨日の夕刻、秋穂に会ってきたから、こんな夢を見るのにちがいない。

夢だとわかっていても、秋穂の姿形は明瞭で、琢ノ介はまだしばらく見ていたかった。

その秋穂の姿が霧でもかかったように消えたのは、羽ばたいた鳥が雨戸を叩くように飛んでいったのがわかったからだ。

なにしやがる。この馬鹿鳥が。

毒づいてからもう一度寝ようとしたが、もう眠くなかった。

あきらめて、琢ノ介は寝床から起きあがった。よく寝た感があり、気分がいい。これも昨日、秋穂の顔を見ることができたゆえか。

琢ノ介は立ちあがり、着替えをすませた。今日も弥五郎と一緒に探索だ。体に力がみなぎっている。

ろくに役に立っていないかもしれないが、琢ノ介はいま充実している。弥五郎と一緒ならきっと土崎周蔵にたどりつける。

とらえるのはむろん、殺すこともできないが、とにかく居場所を見つけてしまえば、あとは直之進がいる。直之進にまかせれば、周蔵を必ず倒してくれる。

そう、わしはその手伝いができればいいのだ。それで十分、ほかに望むものはない。

着替えをすませ、板戸をあけて琢ノ介は部屋を出た。そこはすぐ道場になっている。当たり前のことながら誰もおらず、がらんとしている。

台所に行き、飯をつくる。悦之進が生きていたときは、いつも秋穂がつくってくれていた。こうして一人で米を研ぎ、味噌汁をつくっていると、やはりわびしい。無性に女房がほしくなる。

わしがここの道場を受け継ぐといったら、秋穂どのはどうするだろうか。ここに戻ってきてはくれぬだろうか。

無理だな。琢ノ介は思った。秋穂は悦之進に死ぬほど惚れていた。だからこそ、自害を琢ノ介たちは恐れたのだ。命懸けで想っていた男のことを忘れ、自分のもとに来るような女では決してない。

それに、悦之進との思い出が一杯のこの道場で、二度と暮らしたいと思わないのではないか。

琢ノ介は炊きあがった飯を茶碗に盛り、豆腐の味噌汁も椀に注いだ。膳の上に納豆と梅干しの小鉢を置き、その前に正座した。

いただきます。箸を取り、食べはじめた。

ご飯は水が多すぎたようで、やわらかすぎる。お粥に近いものがある。豆腐の味噌汁もやや薄かった。だしもうまくとれておらず、生臭みがある。

炊事はいくら繰り返しても、うまくならない。才がないのだろう。琢ノ介は情けない気持ちになった。どうしても秋穂のことを考えてしまう。

それでも、腹が満たされれば十分という気はある。日本のどこかでは、今も飢えている人が大勢いるにちがいないのだから。こうして白いご飯を食べられるだけ、ましだ。

土間におり、食器を洗いはじめた。

洗い終え、布巾でふいていると、外から声がした。弥五郎だ。今日はずいぶんはやいような気がする。

食器を棚にしまいこんで、道場にまわる。

弥五郎がやってきた。

「ああ、師範代」

「弥五郎、今朝ははやくないか」

「師範代――」

弥五郎の血相が変わっているのに、琢ノ介はようやく気づいた。

「どうした、なにかあったのか」

弥五郎が告げる。

「なんだと」

足許がぐらりと揺れた。一瞬、本当に地震があったのではないか、と思ったほどで、師範代といって弥五郎が支えてくれた。

「大丈夫ですかい」

「あ、ああ」

琢ノ介は息を飲みこんだ。

「まちがいないのか」

「だと思います。使いがあって、あっしも確かめたわけじゃないから……」

「弥五郎、行こう」

「は、はい」

琢ノ介は道場を飛び出た。うしろに弥五郎がついてくる。

宙を飛ぶように駆けているはずだが、牛込若宮町はなかなか近づいてこない。

雲はどんよりと江戸を覆っているが、そんなに暗さはない。どこかでひばりが鳴いている。風も穏やかで、あたたかだ。

雨の心配もなさそうだなあ。走りながら琢ノ介は思った。急を告げられたとき、なんとなくぼんやりと別のことを考えてしまうことが人にあるのを、琢ノ介は知っている。

八嶋屋敷に着いた。門はあけ放たれ、多くの人が行きかっている。誰もが泡を食っている表情に見えた。

それはわしも同じなんだろうな、と琢ノ介は思った。息づかいがきこえ、振り向くと、弥五郎が肩で息をしていた。目が血走っているにもかかわらず、どこを見ているのかわからないようなぼうっとした感じもある。

「入ろう」

琢ノ介は弥五郎をうながした。

「でも師範代」

「なんだ」

「こんな格好でいいんですかね」

「気にするな」

琢ノ介は門をくぐった。無言で弥五郎が続く。用人らしい者に名乗ると、座敷に通された。たくさんの人がすでにつめかけていた。座敷は線香がたかれ、女たちの泣き声が響いている。

布団が敷かれ、そこに秋穂が寝ている。白い布はかぶされていない。眠っているような顔だが、ひどく青白い。血が通っていない。

「本当だったんだ」

横で弥五郎がつぶやく。

琢ノ介はこうして目の当たりにしているにもかかわらず、嘘だとしか思えない。秋穂がもはやこの世にいないなど、どうして信じられようか。

「喉を突いたんですって」

ささやき声がきこえる。

自害なのか。琢ノ介は思った。どうしてなのか。昨日はあんなに元気だったのに。

琢ノ介は夢のことを思いだした。あれは秋穂がわかれを告げに来たのか。わしの想いを知っていて、だからあんな姿を見せてくれたのか。

馬鹿なことを考えるな。やはり悦之進のことを忘れられなかったのだろう。元気そうに見えていたのは、演じていたにすぎなかったのか。

ぴくりともしない秋穂の顔がすぐそばにある以上、ほかに考えようがない。

号泣がきこえはじめた。弥五郎が畳を拳で叩いた。泣き崩れて畳に突っ伏し、どうしてっ、と大声で泣き叫ぶ。泣いていた女たちが顔をあげ、誰が泣いているのか、確かめたほどの激しさだ。

琢ノ介はとめようがない。とめたところで泣きやむまい。今は好きなようにさせたほうがいい。

他の門人たちも次々に姿を見せた。弥五郎と同じように号泣した。


いったん着替えに戻り、琢ノ介たちはあらためて八嶋屋敷にやってきた。弥五郎は少しは落ち着いている。

そのときには、すでに棺桶に秋穂は入れられていた。それを見た弥五郎が、また号泣しだした。女たちは甲高い声をだして、相変わらず激しく泣いている。

そのまま通夜がはじまり、直之進もやってきた。和四郎と一緒だ。

琢ノ介は言葉をかわしたが、直之進もなんといっていいのかわからない顔をしていた。秋穂の死で、またも責任を感じているのだろう。悦之進が死ななければ、秋穂が死ぬこともなかったのだから。

琢ノ介は、そんなことはないんだ、といってやりたかったが、言葉は形になって出てこなかった。

「ああ、そうだ。琢ノ介」

歯を食いしばるような表情で、直之進がいった。

「なんだ」

「土崎周蔵の手下な、代之助というそうだ」

「わかったのか」

「ああ、富士太郎さんの手柄だ」

「そうか、ありがとう。なあ、直之進」

琢ノ介は語りかけた。

「わしには、生きようとするものが見えているように思えたんだが……」

直之進は無言で見つめている。

「わしは人を見る目がないな」

「そんなことはないさ」

直之進はそういって、座敷のうしろのほうに下がっていった。

琢ノ介は弥五郎の隣に腰をおろした。弥五郎はようやく泣きやんだ。

あの人の夢を見ないのです。この屋敷に帰ってきてから、秋穂はそういうふうにずっといっていたという。それがとても寂しいのです、と。

これは、通夜の席で秋穂の母親が告げた言葉だ。

「あの子は――」

母親は涙をこらえて、天井を見あげた。

「きっと悦之進さんの夢を見たのでしょう」

二

知らせをきいたとき、直之進は呆然とするしかなかった。体が動くのを忘れ、頭が考えるのをやめたかのようだった。

「湯瀬さま、すぐにまいりましょう」

和四郎にいわれて、ようやく我に返ったのだ。それでも、どこに行くのだときそうになったくらい、衝撃は強かった。

「ああ、行こう」

直之進自身はしっかりといったつもりだったが、声はかすれ、震えて耳に届いた。

「着替えていきましょうか」

「いや、それはまだよかろう」

そういってとめたのは登兵衛だった。

「一刻もはやく行ったほうがいい」

直之進は和四郎とともに登兵衛の屋敷を出たのだった。

やってきたのは牛込若宮町だ。大勢の人が出入りしている門をくぐると、心得顔の屋敷の者に座敷へ案内された。

布団に秋穂が横になっていた。眠っているようにしか見えなかったが、まちがいなく息をしていなかった。

どうして死を選んだのか。それは考えるまでもない。一つ確実にいえるのは、俺のへまのせいで秋穂どのまで死なせてしまったことだ。

半刻ほどそこにいて、和四郎に一度戻りましょう、といわれて登兵衛の屋敷に帰った。それから葬儀にふさわしい着物を着て、再び八嶋屋敷にやってきた。

通夜がはじまる直前で、秋穂が入れられている棺桶の前に琢ノ介がいた。横に弥五郎が座りこんでいて、畳に顔をつけて大泣きしていた。

その場にいる誰もが、自分のことなど気にしているようには見えなかったが、逆に誰もが自分を見つめているようにも思えた。責められている気がしてならなかったが、それは当然の報いだった。

もっといたかったし、いるべきだっただろうが、出ましょう、と和四郎にいわれ、直之進は立ちあがらざるを得なかった。

登兵衛の屋敷への帰路をたどりながら、直之進はうつむき、涙をこらえていた。悲しくてならない。そして、情けない。

しかし後悔しても、悦之進も秋穂も戻らない。ここは土崎周蔵をとらえ、殺すしかないのだ。

出てこぬものか。直之進は願った。今この悄然とした姿を目の当たりにし、絶好の機会だとやつが思ってくれぬものか。

斬りかかってきてくれれば、きっと返り討ちにできるものを。

だが、周蔵らしい気配は一切感じることなく、登兵衛の屋敷に帰り着いた。

直之進は厠に行った。廊下を戻ってきたとき、人影が立っていた。

「登兵衛どの」

「湯瀬さま、お疲れにございましたな」

ねぎらってくれた。

「いや、さほどでもない」

登兵衛が首を振る。

「そのようなことはございますまい。お顔に疲れが出ておりますよ」

「もともとこのような顔なんだ」

「それはありません。湯瀬さまはおやさしい顔をされています」

直之進はなんと答えようか迷った。

「お風呂がわいています。お入りなさいませ」

直之進は登兵衛を見つめた。

「よいのか」

「むろんです。湯瀬さま、まるではじめてのようにおっしゃいますが、これまで何度もお入りになっているではございませんか」

「いや、まだ誰も入ってないのではないか、という気がしてな。登兵衛どの、おぬしは入ったのか」

登兵衛が月代をかく。

「手前は今日はどうも風邪気味でして、やめておきます」

わざとらしく咳をした。

「徳左衛門さまも、手前と同じく風邪気味でございます。遠慮するとおっしゃっていました。和四郎は、湯瀬さまのあとに入りましょう。ですので、遠慮なく入られますよう」

　ありがとう、と直之進はいった。

「心遣い、感謝する」

「湯瀬さま、手前は心遣いなど一切しておりませんよ。もともとそういうのは苦手なものですからね」

「苦手などということはあるまい。おぬしはそういうもののかたまりに見えるぞ」

「湯瀬さまの勘ちがいではございませんか」

「そんなことはないさ」

　直之進は小さく笑みを見せた。

「ああ、ようやく笑っていただけましたね」

「えっ？」

「いえ、手前は湯瀬さまの笑顔見たさにいろいろ申していたわけでして。湯瀬さまは笑顔が最もお似合いですから」

「なんだ、俺はおぬしの策にうかうかと乗ってしまったというわけだ」

「迂闊にございましたな」

「まったくだ」

町屋なら風呂は禁じられているが、こういう田舎にある屋敷なら、仮に火事をだしたところで延焼の危険はない。

屋敷の東の端に風呂場はあり、さすがの広さを誇っている。洗い場は五人くらいならいっぺんに座れるし、湯船も三人なら余裕で浸かることができる。

その広い風呂場に、直之進は一人だった。なにが起きるかわからず、刀は持ちこんでいる。

湯船で手足をのばす。体が溶けてしまうのではないかと思えるほどだ。いつもこういう風呂をつかっていたら、湯屋には行きたくなくなってしまうだろう。

一番湯はややかたさがあるが、きれいで入っていてとても心地よい。直之進は頬を手のひらで触った。どこかこわばっている感じがする。これでは笑顔をつくりにくいわけだ。

暗い顔をしていても、いいことなど一つもない。笑う門には福来たる、という言葉は真実ではないか、と直之進は思っている。

暗い顔をしている者に、いい話など入ってくるものではない。いつもにこにこして、話がしやすい者にいい話はやってくるにちがいない。

笑顔でいたほうが、なんでもきっとうまくいく。ことわざというのは、昔の人の知恵が結集されたものだろう。

そういうのには、素直にしたがっておくのがいいのだ。

直之進は手のひらですくった湯で顔を洗い、首が浸かるまで体をのばした。天井が自然に見える。秋穂の死顔が浮かぶ。

少なくとも苦しそうにはしていなかった。

俺は、と思った。真の武家の女の姿を見たのかもしれぬ。

もし俺が周蔵をつかまえていたとしても、おそらく秋穂の死を防げなかったのではないか。秋穂は死を選んでいたはずだ。

これは決して、自分の罪の思いを減らそうとするせこい考えではない。

秋穂の死を無駄にしないためにも、必ず周蔵をとらえ、殺さねば。

遺族にはっきりとはきかなかったが、まわりにいた人の話によると、遺書はなかったという。

どうして書かなかったのか。それは少し解せないところはある。

ただそれも、悦之進の夢を見て、急に会いたくなってしまったとしたら、書いている暇などなかったかもしれない。

親戚とおぼしき人たちが、悦之進と秋穂のなれそめを話していた。それによると、花見の席で桜の枝を手当たり次第に折っていたやくざ者がおり、それ以上の無粋をするな、ととめたのが悦之進だった。ほかにとめる者がいなければ自分がいう気だった秋穂は、まるで桜吹雪のなか、不意にあらわれたようなその姿に一目惚れしたのだという。

悦之進は刀を抜くようなことはせず、やくざ者たちを言葉だけで退散させた。その後、秋穂はずっと想い続けていたのだが、会うことはできず、あのときどうしてあとをつけなかったのか、ずっと後悔していたとのことだ。

花見の半年後、秋穂に縁談があった。秋穂は断りたかったが、父の上司の蔵役人からの話ということで断れず、先方に会うだけ会ってみた。驚いたことに、見合いの席にあらわれたのが悦之進だったのだ。

その話をきいて直之進がまず思ったのは、二人の出会いは運命づけられていたということだ。でなければ、そんなことはあり得ないだろう。

運命の人に出会い、失ってしまったがゆえに、秋穂は死を選んだということなのか。

だとすると、と直之進は思った。運命の人とはいったいなんなんだろう。人に死を選ばせるほど強いことになる。

俺は、まだ出会っていないのではないか。

三

手づまりだな。佐之助は少し焦っている。どうすれば、この行きづまった状態を打開できるのか。

いったいなにをすれば、周蔵や手下の男の居場所を知ることができるのか。

これまで、探索などろくにしたことはなかった。生業が殺し屋なのだから、それは当たり前だろうが、それでもそこそこうまくいっていたと思う。

それが急になにもかもが前に進まなくなった。まるで、気持ちよく引いていた大八車をいきなりとめられたようだ。とめられるだけならまだしも、逆にうしろに引かれはじめているような感じすらある。

これはいったいどういうことなのだ、と佐之助は自問せざるを得ない。やはり俺は素人にすぎぬのか。

だが、千勢は自分よりもっと素人にもかかわらず、利八の仇となる男を見つける端緒をつくった。千勢にできて、俺にできぬことはないはずだが、実際には探索はまったく進まない。周蔵と手下の居場所は、手がかり一つ得られない。

さて、どうするか。このままこの家にいてもいいことはあるまい。それに、いろいろと考え続けることにも飽きた。

外に出て、日の光を浴びればいい考えも泡のように浮かびあがってくるのではないか。

そう判断して、佐之助は隠れ家を出た。外はさすがに明るいが、いきなり出るようなことはしなかったから、陽射しに目を細めることにはならなかった。

もし仮に家を出た途端、捕り手や他の殺し屋に襲われていたとしても楽々撃退できていただろう。そのことに佐之助は満足した。

家を出ただけで、どこに行こうという考えはまだなにもまとまっていなかった。

佐之助は、なんとなく道を歩きはじめた。行きかう人は多い。

江戸はもともとたくさんの人が暮らしているから人が多いのはよくわかっているが、どうして昼間からなにもしていないように見える者がこうも目立つのか。

ぼんやりと歩く年寄り、橋の真んなかで川の流れを眺めている若者、茶店の縁台に腰かけて無駄話をしている女たち、おなごといちゃついている遊び人など。

むろん、行商人や商人、籠を担いだ百姓、出職《でしょく》の職人など額に汗して働いている者も多いが、なにもせずに食っていけるというのはやはり江戸だからか。

もっとも、と佐之助は思った。この俺もまわりからどういう男に見えているのだろう。まともに働いている男には見えまい。

歩いているうちに空腹を感じ、佐之助は蕎麦屋に入った。

刻限がまだはやいだけにそんなに混んではいなかったが、二人の年寄りが座敷の隅でざる蕎麦を肴に酒を飲んでいた。二人は静かに語り合っている風情だが、その姿が妙に決まっており、こういうのはいいなと佐之助は素直に感服した。

二人はもとは侍のようだ。家督はせがれに譲り、隠居して久しいのではないか。いかにも悠々と生きている感じがする。

いずれ自分も老いたとき、ああいうふうに歳を取ってみたいと思える二人だ。どういう人生をこれまで歩いてきたのか。

俺の人生とはくらべものになるまい。二人は、これまでまっすぐ生きてきたのだろう。殺し屋などと縁があるはずがないし、殺し屋という職がこの世にあるというのも、知らないのではないか。

佐之助はざる蕎麦を二枚頼んだ。酒にはそそられたが、今は飲んでいる場合ではなかった。飲むのは、周蔵の居場所を突きとめたときだ。

ざる蕎麦はうまかった。香りがとにかくいい。腰はそれほど感じなかったが、喉越しもすばらしかった。つゆは辛めだが、だしのよさがはっきりとわかり、すばらしいな、と佐之助は感嘆した。これまで何度か前を通り、知っている店だったが、どうしてか暖簾を払うようなことはなかった。少し損をしたような気分だ。

まあいい。これから何度でも食べに来ればいいだけのことだ。

蕎麦湯をもらう。辛めのつゆにひじょうに合い、これも佐之助は気に入った。

蕎麦湯を堪能しつつ、ここは大本に返るべきか、と考えた。

惨劇の場となった向島の別邸のことが頭に浮かぶ。玉島屋という呉服屋の別邸で、中西道場の道場主やもと家臣が周蔵に一撃で殺されたという。

一度、行ってみるか。佐之助は蕎麦湯を飲み干した。

行ってなにが見つかるか。それはわからない。いや、なにも見つからない度合のほうがはるかに高いだろう。

ただ、その場に周蔵がいて、手下がいたというのは紛れもない事実なのだ。そのことはとても重要なことに感じられた。

佐之助は立ちあがり、座敷から土間におりた。勘定を払う。うまかったよ、といいおいて暖簾を外に払った。ちらりと振り返って座敷の二人を見た。まだなにかを話している。話しても話しても尽きることのないなにかが二人のあいだにはあるのだ。

そういう友がいることが、ひどくうらやましく思えた。

俺には一人もいない。恵太郎《けいたろう》という男が友といえば友だったが、もうこの世にない。湯瀬直之進に殺されたのだ。

それを考えるだけで、以前は燃え盛る炎に背中を焼かれたものだ。湯瀬を許しておけなかった。どうしても恵太郎の仇を討ちたかった。

だがその思いは、正直、今はさほどでもない。どうしてこんなふうになってしまったのか。炎は勢いよく立ちあがってくれない。灰のなかでかろうじて埋み火になっているだけだ。恵太郎にはすまぬと思うが、闘志はわいてこない。

まさか、と思わないでもない。俺は湯瀬を今は友と考えているのではないのか。

たわけたことを。どうしてやつが友なのだ。まさに水と油ではないか。相容れる関係になれるはずがないのだ。周蔵のことがあるからなんとなく力を貸し合っている形になっているが、この一件が片づけば、またきっと斬り合うことになる。

今度こそ、負けぬ。二度同じ相手に負けるのは許されない。

向島に入った。佐之助は人に道をきくことなく、さっさと早足で歩いた。

なんとなく、勘だけでたどりつけるのではないかという気がしている。

無理だった。何度か土地の百姓に道をきく羽目になった。

ここだな。向島に入ってほぼ半刻後、佐之助は足をとめた。

ぐるりを高い塀がめぐっている。建ってからかなりのときがたっているのはまちがいなく、空き家になってから手入れもろくにされていないのが塀越しにわかるが、建った当時は相当豪奢だったのではないか。金に飽かして建てられたものであるのは明らかだ。

この別邸を建てたのは、かなりの遊び人だろう。商売熱心だったのかもしれないが、商家とはまったく別物をつくろうとしたのがわかる。別の世界に遊ぶことを目指したのではないか。

そういう者と周蔵は知り合いだったのか。千勢が湯瀬からきいた又聞きにすぎないが、この別邸を建てた男は、もう四年前に死んだとのことだ。その頃から知り合いだったのか。

知り合いでなければ、ここが長いこと空き家というのは知りようがあるまい。

佐之助としては、その筋を追ってゆく気はない。町方か、あるいは湯瀬が追っているに決まっているからだ。

自分としては、なにか別の手立てで周蔵たちに近づいていかなければならない。その手立てが見つからず、これまでずっと悩んでいるのだ。

ここに来れば、なにか得られるのではないかという期待は今でもある。

別邸の塀に沿い、裏にまわる。人けがないのを確かめ、塀を越える。高い塀だが、このくらいは朝飯前だ。

邸内は静かなもので、今日は風がほとんどないこともあるが、大気の動きをまったく感じさせない。海の底に沈んでいるように静かだ。

佐之助は足音を立てることなく、歩いた。これまでこの屋敷にはいろいろな者が調べにやってきたにちがいない。

俺が来たからといって、なにか新しいものが見つけられるものなのか。またも弱気の虫が頭をもたげてきた。

歩き続けているうち、なにか霊魂が漂っているような気がしてきた。いまだに成仏できていないのではないか。なにか語りかけてくれないだろうか。

しかし、なにもしゃべらない。ひたすら佐之助を見守るつもりでいるようだ。

湯瀬はこの場で周蔵と戦ったらしい。そして逃がした。そのときの湯瀬の悔しさも、目の当たりにしたようにはっきりとつかめた。

しくじり以外のなにものでもあるまい。中西道場の者たちはすべて殺されてしまったとはいえ、周蔵を殺す、まさに千載一遇の機会だったのだから。

四半刻ほど邸内を見てまわったが、予期した通り、なにも得られなかった。あまり長居してもいいことはないように思え、佐之助は早々に別邸をあとにした。

いや、待てよ。歩きつつ、一つの思いにとらわれた。

そうか、もう一人いたではないか。どうしてこんなことに気づかなかったのか。

おのれのあまりの迂闊ぶりに、佐之助は頭を思い切り殴りつけたい気分だった。

ただ、突破のきっかけとなりそうなことを見つけられたのは満足だ。まさか、成仏できていない魂に教えられたわけではあるまい。

やはり家を出て、遠くまで足をのばしたことがよかったのだ。行きづまっていた気分を変えるのには、最もよく効く薬だったのだろう。


空は曇っており、星の輝きは一つたりとも見えない。前もこの屋敷を訪れたとき、空は雲が一杯だったことを佐之助は思いだした。

夜の到来とともに急激に冷えてきて、春らしさが失われている。風は涼しさを通り越して、冷たさをはらんでいる。静かに揺れる梢も、この唐突な冷えこみにおどろいたかのように、どことなく縮こまっているように感じられる。

ここは駒込新屋敷と呼ばれる場所だ。深夜ということもあって、人けは絶えている。

門の前に立った佐之助は少しなつかしさを覚えた。といっても、この屋敷にやってきたのはさほど前のことではない。

門を離れ、まわりにめぐらせてある塀に手をかけた。あっさり乗り越える。

木々が生い茂る庭は真っ暗だ。これなら体を小さくして進む必要などない。佐之助は足音を殺して母屋に向かった。

母屋からは、明かりはほとんど漏れていない。佐之助は濡縁にあがり、障子をあけた。ちょうど九つの鐘が鳴り、佐之助はその音に耳を澄ませた。鐘の音はどこか物悲しいが、気持ちを落ち着けてくれるものもある。もっとも、そんな必要がないほど心は凪《な》いでいる。

廊下に入ると、いびきがかすかにきこえてきた。駒田《こまだ》源右衛門《げんえもん》のものだ。のんびりと寝ているものだ。

寝所の襖を音を立てずにあけ、佐之助は足を踏み入れた。いびきがすさまじい。まるで鐘のなかに入れられて、撞《つ》かれたようだ。

布団が二つ並んでいる。源右衛門の隣に内儀が寝ている。よくこのいびきのなか、平然と眠れるものだ。これが夫婦というものなのか。

佐之助は源右衛門の枕元にひざまずき、暗闇のなか、顔を見おろした。

この男は若い頃、土崎周蔵とつるんでおり、いろいろ悪さをした男だ。佐之助の想い人だった晴奈《はるな》を連れ去ろうとした三人組の一人でもある。

この前、周蔵のことを知るために同じように屋敷へ忍びこみ、脅して一度話をきいている。

佐之助は源右衛門を揺さぶった。いびきがとまり、源右衛門ははっと目を覚ました。

「声を立てるな。立てると殺す」

佐之助は静かに告げた。源右衛門は大きく目を見ひらいたままだ。

「俺が誰かわかるな」

源右衛門が首を何度もうなずかせる。体はかたまっていて、壊れたからくり人形のような動きだ。

「ききたいことがある」

源右衛門が首を縦に振る。

「今から一つきく。これは声をだしてもかまわん。わかったか」

「は、はい」

佐之助は一つ息を入れてから、言葉を発した。

「おぬし、周蔵とつるんでいたとき、仲間がもう一人いたな。名と住みかをいえ」

四

まだ七つすぎだったが、いつものことながら湯屋は混んでいる。入口で二人分の十二文を払い、千勢とお咲希は洗い場に行った。

「ねえ、千勢さん、背中流してあげようか」

お咲希がにこにこしていった。こんな小さな子供にそんなことをさせては悪いと思ったが、お咲希は目をきらきらさせていて断るのはかわいそうだった。

「やってくれるの」

「もちろんよ。一度流してみたかったの」

そうか、したことがなかったのか、と千勢は思った。考えてみれば、お咲希には母親がいない。

「じゃあ、お願いしようかな」

千勢はお咲希が洗いやすいように、少し姿勢を低くした。

お咲希が力を入れて、手ぬぐいでごしごしやってくれる。

「気持ちいい？」

「うん、すごく」

お咲希は一所懸命だ。顔は見えないが、それははっきりと伝わってくる。

「千勢さん、すごく肌がきれいね」

「そうかしら」

「うん、真っ白だもの。私なんか黒いから、うらやましいな」

「大丈夫よ」

「大丈夫ってなにが」

「私は子供の頃、黒豆って呼ばれていたくらいなの」

「えっ、じゃあ色が黒かったの？」

「うん、とてもね」

「こんなに白いのに、千勢さん、黒かったの」

「安心した？」

「安心というより、私もこうなれるかもしれないって、少しうれしかった」

「なれるわよ」

千勢はお咲希と交代した。

「お咲希ちゃん、すごく肌がきれいね。お湯を弾くわ。うらやましい」

「千勢さんでもうらやましいんだ。なんかうれしいな」

千勢はお咲希に負けないよう、熱心に小さな背中を流した。ただし、あまりに華奢だから、力をこめすぎないように注意した。慈しむようにていねいに洗った。

この子は、私がきっと守る。その思いを千勢は新たにした。

湯屋を出たときには日が暮れかけていた。大きな太陽が西の空に没しようとしており、江戸の町は橙色の光のなかにすっぽりと包まれていた。

手をつないで歩く。お咲希からは娘らしいいい香りがしていた。そのにおいを嗅いでいるだけで、不意に涙が出てきた。

「どうしたの」

お咲希が見あげている。

「どうして泣いているの」

千勢はあいている手で涙をぬぐった。

「あまりに幸せで……」

お咲希がにっこりと笑う。

「私も幸せよ」

「ありがとう。お咲希ちゃんがいてくれて、私、生き返った気分だわ」

「私もそう」

千勢はお咲希を抱き締めたくなったが、その前にお咲希の腹の虫が鳴いたのをきいた。

「あれ」

お咲希が舌をだし、照れくさそうにする。

「お咲希ちゃん、なにか食べていこうか」

「本当？　うれしいけど、私、千勢さんがつくる食事も大好きだよ」

「ありがとう。そういってもらってすごくうれしい。お咲希ちゃん、なにか食べたいものはある。なんでもいいわよ」

「玉子焼きが食べたい」

近くにおいしいのを供してくれる店がないか、千勢はすばやく考えた。

「いいわ、行きましょう」


今、どうしているのだろう。

千勢は、佐之助のことを考えた。あまり眠れない。さっきから暗い天井ばかりみつめていた。

本当にどうしているのか。このところさっぱり姿を見せない。どうしてなのか。

まさか、とらえられたり、死んだりということはないのだろうか。あの人に限って、よもやそんなことはないだろう。

きらわれてしまったのだろうか。それもないと信じたい。

今、佐之助は周蔵という利八の仇を捜してくれている。それが、うまく進んでいないのだろうか。それで敷居が高くなっているのだろうか。

そんなことは考えずに、もっと頻繁に来てくれればいいのに。

最近では、直之進のことはほとんど考えない。いつも佐之助のことばかりだ。

どうして、私はこんなふうになってしまったのか。考えてみれば信じられない。佐之助という男を追い、沼里を捨てるようにして江戸に出てきたのだから。

佐之助は、藤村円四郎を殺した男だ。円四郎は千勢が好きだった男だ。円四郎を殺されて、心にあいた穴の大きさに驚いた千勢は仇をどうしても討たなければならないと考えて、江戸に単身やってきた。

料永で働きながら、円四郎を葬った殺し屋を捜した。佐之助は考えていた以上にあっけなく見つかった。

それなのに、こんな思いを抱くようになるとは夢にも思わなかった。佐之助こそが運命の人なのだろうか。まさか、いくらなんでもそんなことはあるまい。

しかし、佐之助を好きになったとしてこれから先、どうなるのだろう。わからない。わかるはずもない。ただ、わからないから人生に楽しみが生まれるということもある。

先がわかっていたら、やはりつまらないのではないかと思う。将来、不幸が待っているにしても、やはり暮らしというものを楽しみたい気持ちはある。

もしかすると、この気持ちのために直之進との生活を捨ててしまったのかもしれない。

直之進は、今考えてみてもいい夫だった。申し分ないというのとはちがうのかもしれないが、自分より先に嫁いでいった幼なじみたちが漏らすような不満は一切なかった。

なによりも自分のいうことにしっかり耳を傾けてくれるというのは、すばらしかった。常に微笑をたたえていて話しやすかったし、ちゃんときく姿勢を取ってくれるから、話す甲斐もあった。

ただ、どこかいつも影を背負っているようなところもあった。それがどこからきていたのか、すでに話してもらったからわかっているが、一緒に暮らしていたときにわかるはずがなかった。

直之進は、国元の中老宮田彦兵衛の刺客だったのだ。といっても、湯瀬家が代々宮田家の当主に仕え、刺客や護衛役をつとめるということだったようで、直之進はそれまで人を殺したことはなく、ただ、実の弟を誤って手にかけてしまったことで、おかしくなったところはあった。

千勢自身、夫が変わったように感じたことはあったが、それがどうしてなのか話してもらえず、江戸で直之進に再会するまでその理由を知らずにいた。

もし直之進が自身の秘密をすべて語っていたら、千勢は佐之助を追って江戸にやってきていたかどうか。やってきていたかもしれないが、いきなりの出奔はなかったかもしれない。直之進に許しをもらって、出てきていたかもしれない。

いや、それもどうだろうか。私は人の気持ちを考えず、勝手ばかりをやってきた女だ。

「千勢さん」

闇のなか、いきなり呼ばれた。千勢は身を起こした。

「お咲希ちゃん、眠れないの？」

「眠れないのは千勢さんでしょ。ねえ、そっちに行っていい？」

千勢はうなずくと、お咲希が移ってきた。湯屋の帰りに嗅いだいい香りが鼻孔をくすぐる。それに、お咲希の体はずいぶんとあたたかい。一瞬、また熱が出たのかと思ったが、このくらいのあたたかさはお咲希にとっていつものことなのだろう。

「ねえ、千勢さん、なにを考えていたの」

千勢は答えようとしたが、その前にお咲希がいった。

「あの人のことね」

「半分当たったわ」

「半分？」

「前の旦那さまのことも考えていたの」

「湯瀬さまね。いい人だったんでしょ」

「とても」

どうしてわかれたのか、お咲希はききたいようだが、悪いと考えているのか、口にだそうとしない。

「卑怯ないい方になるけれど、男と女にはいろいろあるの。お咲希ちゃんも大きくなればきっとわかるわ」

「大きくなれば、か」

お咲希が小さくつぶやく。さらに身を寄せてきた。千勢は手をまわし、肩を抱いた。

「ねえ、水嶋栄一郎《みずしまえいいちろう》さまとはどうなっているの」

「どうにもなっていないの。会えていないから」

「そうなの」

「千勢さん、玉子焼き、おいしかったね」

話題を変えるようにお咲希がいった。

「口のなかで、とろけちゃったよ」

「本当にそうだったわね。お咲希ちゃんが気に入ってくれたようで、よかった」

「今度は千勢さんがつくったのを食べたい」

「いいわ、つくる。でもお咲希ちゃん、今日ほどおいしいのは無理だと思う」

「いいの。千勢さんがつくってくれれば」

お咲希がしがみついてきた。

「玉子焼きって、食べたこと、なかったの。友達からおいしいってきいてて、いつもうらやましいなって思ってたの」

「お店で食べなかったの？」

「うん。出てきたこと、一度もなかったよ」

いわれてみれば、と千勢は思った。賄いでも玉子焼きは出てきたことはなかった。賄いにするには卵は高価すぎる。

「楽しみだなあ」

「きっとおいしいのをつくるわ」

千勢は、お咲希がいとおしくてならない。かたく抱き締めた。

五

「気に入らないねえ」

富士太郎は吐き捨てるようにいった。

「なにがです」

「おとといの男だよ」

「ああ、あの金貸しの。緒加屋増左衛門さんといいましたね」

「珠吉はどうなんだい」

「気に入らないっていえば気に入らないんですけど、金貸しならあのくらいの怪しい感じは当たり前のような気もしますねえ」

「でも脂ぎり方が尋常ではなかったよ」

「旦那、脂ぎっているのは、別に関係ないんじゃないんですかい」

「いや、関係あるよ」

富士太郎は断固としていい張った。

「どうしてですかい」

「脂ぎるってのは、滋養がよすぎているからじゃないのかな。おいらも町方の端くれだから、金貸しは何人も知ってるよ。でもあんなに脂ぎった男は、はじめてだね。あれはあくどく金儲けして、いい物をたらふく食っているからだよ」

「そうなんですかねえ」

「なんだい、珠吉、乗り気じゃないね」

「そういうわけではないんですけど……」

「脂ぎっているから、というのが気に入らないんだね」

「そうなんですけど、ここは旦那の勘を信じますよ。調べてみましょう。でも旦那」

「なんだい」

「どうして昨日、いわなかったんですかい」

「昨日一晩寝たら、疑いがどんどんふくれあがってきちまったんだよ」

「そういうことですかい」

珠吉は納得した顔を見せた。

「でも旦那、なにが怪しいって思っているんですかい」

「いろいろだよ」

珠吉が苦笑を漏らす。

「なにがおかしいんだい」

「旦那、本当に勘だけなんですねえ」

「当たり前だよ。おととい会ったばっかりなんだ、勘以外のなにがあるっていうんだい」

「そりゃそうですねえ。それで旦那、どこから調べますかい」

「そいつは珠吉、決まってるよ」

富士太郎は珠吉と一緒に、まず金貸しの緒加屋に向かった。

店は深川北森下町にあった。赤く染められた大きな暖簾が一際目立っている。店の名が記された扁額は巨大だが、金貸しとは書かれていない。路上に出ている看板には、お力お貸しいたします、と書かれている。

二人は少し離れたところに立ち、しばらく店を眺めた。

「珍しい店だね」

富士太郎がいうと、珠吉が同意した。

「まったくですねえ。ふつう金貸しっていうと、たいてい地味にしているところが多いんですけどね」

「あれじゃあ、金を借りに来る人、入りにくいんじゃないのかね」

「そんな気もしますけれど、けっこう客は多いですねえ」

ひっきりなしというわけではないが、客が出てゆくと、しばらく間を置いて別の客が入ってゆくというのを繰り返している。

「若い客が多いみたいですね」

それは富士太郎も覚っていた。

「若い人ってのは、金を借りることにそんなにためらいを感じないのかな」

「いや、やっぱりあっしらと同じだと思いますよ。あの、お力お貸しいたします、という看板が効いているような気がしますね」

「なるほどね。金貸しの惹句としてはいいかもしれないね。あれだと、金を借りるっていう、腹にくるような重みが感じられないものねえ」

「本当にうまいってことでしょう」

「なんか憎たらしいね」

一人の客が出てきた。若くて身なりは悪くない。どこかの商家の若旦那という風情だ。

「珠吉、ちょっと評判をきいてみようじゃないか」

「そうしましょう」

富士太郎は歩みだし、緒加屋から少し離れたところで、ほくほく顔の若い男に声をかけた。若い男はぎくりとして、振り向いた。いつでも駆けだせるような姿勢を取っている。

「なんだ、お役人ですか」

ほっと胸をなでおろしている。

「なんだい、おいらたちがかっぱらいにでも見えたのかい」

「いえ、そういうわけではないんですけど」

若い男は不審げな表情だ。借りた金が入っているらしい懐に、しっかりと手を当てている。どうしてここに金を持っているのを知っているのか、それが疑問なのだ。

「ちょっと緒加屋について、話をききたいんだけどね。評判はどうなんだい」

「いいと思いますよ。利もふつうだし、こころよく貸してくれるし」

「利はいくらだい」

「月に一割です」

「ふーん、本当にふつうだね」

「ええ、そう思います」

「緒加屋はよく利用するのかい」

男がうつむく。

「いえ、それほどでも」

「取り立ては厳しいのかい」

「いいえ、そんなことはありません」

「おまえさん、身なりからしていいところの若旦那って感じだけれど、遊びのために金を借りているのかい」

「ええ、まあ、そうです。でもいいところの若旦那じゃありませんよ。うちは、しがない店ですから」

「店はなにを扱っているんだい」

「いわなきゃまずいですか」

「親に告げ口されるって思っているのかい」

「そういうわけではないんですけど」

「じゃあいいよ」

「ありがとうございます」

富士太郎は腕組みをした。

「緒加屋以外にも、金貸しは利用しているのかい」

「いえ、他につかっている店はありません」

「どうして緒加屋を。利用しやすいのかい」

「まあ、そうですね。金を借りるって、どこかうしろ暗いところがあるんですけど、緒加屋さんはなかも明るいから、借りやすいんですよね」

「どうやって緒加屋を知ったんだい。この近所に住んでいるのかい」

「いえ、近所だと家族や店の者の目がありますからね。手前は少し遠いところから来ています。緒加屋さんは、友達から紹介してもらいました。手前の幼なじみです」

「幼なじみはどうして知ったんだい」

「いろいろ評判のいい金貸しをきいてまわったみたいですよ」

「それで引っかかってきたのか。ふーん、たいした評判なんだねえ」

富士太郎は話題を変えた。

「増左衛門の評判はどうだい」

「それはどなたですか」

「緒加屋のあるじだよ」

「ああ、そうなんですか。知らなかったですね。店で会うことはありませんから」

「そうかい」

富士太郎はとりあえず相づちを打った。

「奉公人はどんな感じだい。明るいかい」

「ええ、すごくていねいですね。それに、なにもいわずに貸してくれるので」

「ふーん、そうなのかい」

「ええ、あそこの奉公人は金貸しとは思えないほど元気がいいですしね。まるでどこかの一膳飯屋にでも入るみたいなものです」

これまでの富士太郎の経験からして、元気のいい店は、だいたいあるじの人柄が映しだされている。そして、あるじは悪さをしていないものだ。

ということは、と富士太郎は思った。緒加屋増左衛門はうしろ暗いことはなにもしていないということなのかねえ。

富士太郎は男を解き放ったが、ほっとして遠ざかってゆく背中にすぐに声をかけた。

「いいかい、今日きかれたことを緒加屋の者に話しては駄目だよ。わかったね」

「ああ、はい、わかりました」

男は一礼して、道を歩き去った。

「旦那、今の男、まちがいなくぺらぺらとしゃべりますよ」

「そうだろうね」

富士太郎はうなずいた。

「でも、そのほうがいいんだよ」

「どうしてです」

珠吉はそういったものの、すぐに覚ったようだ。

「ああ、それでなにか妙な動きをしてくれるんじゃないかって、旦那は考えているわけですね」

「そういうことだよ」

富士太郎は少し戻り、相変わらず人がちらほらと出入りしている店を見つめた。脳裏に増左衛門の顔が浮かんでいる。

「だからといって、そんなことでしっぽをつかませるようなことはしそうにない男なんだけどね」

六

「おい、おい」

琢ノ介は前を歩く弥五郎に声をかけた。弥五郎が振り向く。

「なんですかい」

「弥五郎、そのとがった声はよせ。それからその顔もやめろ」

弥五郎が、えっと声を発する。

「あっしがどんな顔をしているっていうんですかい」

琢ノ介は顎をなでさすった。

「なんというかな、目がつりあがっているんだよ。鬼気迫るっていうのが、最も正しいいい方かな」

「師範代、やめてくださいよ。あっしはそんな顔、していませんて」

「してるんだよ。おまえ、顔が怖いぞ」

ちょうど横を川が流れている。

「その流れに顔を映してみろ」

弥五郎は素直にそばの橋の上に立ち、川を見おろした。じっと見ている。

「どうだ」

「いや、別にいつものあっしだと思いますけどね」

これはなにをいっても無駄かな、と思ったが、琢ノ介としては口にせざるを得ない。

「弥五郎、一所懸命やる気持ちはよーくわかるが、もう少し余裕を持ってくれ」

弥五郎が橋から戻ってきた。

「余裕はありますよ」

「ないさ」

「ありますよ」

弥五郎は食ってかかりかねない勢いだ。

「師範代は、あっしが手綱を引きちぎった暴れ馬みたいに動きまわるのを危ぶんでいるんでしょうけど、大丈夫ですよ。氷を飲みこんだみたいに冷静ですから」

琢ノ介はかたく腕を組んだ。

「冷静には見えんのだ」

「冷静ですよ」

弥五郎はにっと笑ってみせた。ようやく少しは邪気が取れたような気がして、
琢ノ介は力が抜けた。

「それでいいんだ」

「よかった、合格ですかい」

「ああ、その調子で頼む」

「承知してますよ」

弥五郎がすぐさま歩きだす。またせかせかした歩き方に戻ってしまった。

同じじゃないかと琢ノ介は顔をしかめた。こりゃ本当になにをいっても駄目だな。

悦之進だけでなく秋穂も死んでしまったことで、弥五郎の血はたぎりにたぎっているのだ。おそらく弥五郎自身、抑えることができないのではないか。

仕方あるまい。ここは好きなようにやらせるしかなかろう。

琢ノ介は腹を決めた。決して弥五郎から目を離さなければいいだけの話だ。

しかし四六時中、弥五郎にくっついているわけにはいかない。秋穂も死んで、中西道場は閉めることになるだろう。その後始末もしなければならない。あの道場はなにしろ借家なのだ。

「弥五郎、腹は空かないか」

弥五郎が着物に音をさせて振り返った。怖い顔をしている。

「なんだ、昼を食うのが悪いのか。弥五郎、そんなにずっと動いていたいのか。だが、それではいずれぶっ倒れちまうぞ」

「いや、師範代、ちがうんです」

弥五郎が顔の前で手を振る。

「昼飯を忘れて動きまわっていたんだなあって思って、びっくりしちまったんですよ」

「なんだ、そういうことか。驚かせるんじゃない」

「そんなにおっかない顔をしていましたか」

「ああ、般若のようだった」

「般若はやめてください」

「弥五郎、なにが食いたいんだ。奢るぞ」

「ほんとですか」

弥五郎が目をみはる。

「そいつはまた、珍しいこともあるもんですねえ」

「うるさい。前にも奢ったことがあっただろうが」

「ありましたかね。あまりに昔なんで、あっしはとうに忘れちまいましたよ」

このやりとりに、琢ノ介はほっとした。弥五郎から明らかに力が抜けているからだ。

「師範代、そこにしましょう。いい店のようですよ」

弥五郎が指さしたのは、一膳飯屋だ。魚を焼いているにおいが鼻先を漂ってゆくのは、店先から激しく煙が出ているからだ。昼飯どきということもあり、たくさんの人が暖簾を払って姿を消してゆく。

「いいな、入ろう」

土間に長床几が置いてあり、ほかには広めの座敷があるだけの、どこにでもある一膳飯屋だ。座敷は座るところが見つかりそうもないくらい混んでおり、五つある長床几も埋まっている。

ほかの店にするか、と琢ノ介がいったとき長床几の二人連れが立ちあがった。

「どうぞ、こちらに」

一人が笑顔で琢ノ介にいってくれた。

「すまぬな」

琢ノ介たちはあいた長床几に座った。

「ああいう親切はうれしいな」

「まったくですねえ。次にあっしもやろうっていう気になりますからね」

「人に親切にするのもされるのも、気持ちがいいことだよな」

琢ノ介と弥五郎は鰺の叩きを食べた。身がほんのりと甘くて、美味だった。豆腐の味噌汁もだしにこくがあって、うまかった。

「ごちそうさまでした。いい店でしたね」

「まったくだ」

「ああいう店なら、師範代も代を払うのが気持ちいいんじゃないんですかい」

「まあな。弥五郎だって、探索がうまくいくっていう気持ちになるだろう。もっとも、そんなに力まずともいいぞ。今くらいの顔でちょうどいい」

「わかりましたよ、笑顔を忘れなきゃ、いいんですね」

「そういうことだ」

腹を満たした琢ノ介と弥五郎は、石屋の秋田屋のもと奉公人を見つけることに力を費やした。

今もきっと石屋で奉公しているでしょう、と弥五郎は見当をつけていた。

日暮れ近くになって、秋田屋で働いていた男がようやく見つかった。深川もうだいぶ南のほうで、富岡八幡宮の近くだ。町としては深川佃町になる。蓬萊橋という、大島川に架かる橋のすぐそばの石屋だった。

店は新埜屋《しんのや》といったが、じき店じまいするところだった。親方自ら、裏で働いている男を呼びに行ってくれた。

「やりましたね、師範代」

「ああ、やったな。だがわしはなにもしておらんぞ。すべては弥五郎の働きだ。

わしはただ、用心棒よろしくついていただけだ」

「前にもいいましたけど、それがありがたいんですよ。なにしろ師範代はお侍だし、腕もある、そういうお方に守っていただけるなんて、こんなに心強いことはありませんよ」

「しかもただだぞ」

「ただどころか、昼飯を奢ってもらいましたよ」

「そうだったな」

そんな会話をかわしているうちに、親方が一人の男を連れて店先に戻ってきた。

「これが前に秋田屋で働いていた男だよ。尚吉《なおきち》っていうんだ」

親方に紹介され、琢ノ介たちは名乗り返した。親方は、わしがいないほうがいいだろうから、と姿が見えないところに消えた。

「それで、なんの用です」

尚吉は警戒しているようだ。それも当然だろう。見も知らぬ二人の男が唐突にやってきて、秋田屋についてききたいといっているのだから。

尚吉はもう初老といっていい歳だ。頭はほとんどが白くなっているが、ずっと石屋で働いてきたのをあらわしている腕は太もものように太く、筋骨がこぶのように盛りあがっている。力は相当ありそうで、もし殴りつけられたら、琢ノ介は、悶絶してしまうのではないかと思ったくらいだ。

弥五郎が尚吉を遠慮のない目で見ている。

「どうした」

琢ノ介は小声できいた。

「いや、なんでもありません」

弥五郎が咳払いし、やんわり切りだした。

「秋田屋さんで働いているとき、玉島屋の別邸の仕事をしたことを、覚えてらっしゃいますかい」

「玉島屋さんか、なつかしい名をきくねえ。ああ、よく覚えているよ」

「さいですかい。そいつは助かる」

弥五郎が笑顔でいって、続ける。

「でしたら、貴船石を入れたことも覚えていらっしゃいますね。あれはどうしてだったんですかい」

「貴船石か。確かに入れたね。でも、入れたのに別に深い理由はなかったと思うなあ。金に糸目はつけないからいい石を入れてくれるよう、玉島屋のご主人に頼まれたからじゃなかったかな」

「さいですかい。どこから仕入れたか、覚えていらっしゃいますかい」

「ああ、あの頃は貴船石はなかなか手に入らなくて、京都の石屋からじかに買いつけたよ」

「じゃあ、誰かが京都まで行ったんですか」

「親方自ら行ったよ」

「ああ、そうなんですか。末之助さんですね」

弥五郎は、秋田屋で働いていた他の仲間たちの消息を知らないか尚吉にたずねた。

「いやあ、知らないねえ。ほんと、店が潰れてからばらばらになっちまって、どうしているか全然きかないなあ」

新埜屋を引きあげたとき、あたりには暮色が濃く漂いはじめていた。

「せっかく秋田屋の奉公人を見つけたってのに、なにも収穫はなかったな」

琢ノ介は落胆を隠さずにいった。道を歩くのにも、足が重く感じる。

うしろを行く弥五郎から返事はない。ついさっきまで前を歩いていたのに、さすがに疲れたのか。

　琢ノ介が振り返ると、弥五郎は考えこんでいた。うなり声をあげそうな顔つきで、盛んに首をひねっている。

「どうかしたのか」

　だが弥五郎は気づかない。琢ノ介は同じ言葉を繰り返した。

　弥五郎が気づいて顔をあげた。

「ああ、すみません」

「なにをぶつぶついっているんだ」

「ああ、声に出てましたか。いえね、今の尚吉さん、どこかで会っているような気がしてならないんですよ」

「そうなのか。だから、じろじろ見ていたんだな」

「そうなんですよ。でもどこで会ったのか、まったく思いだせないんですよ。ああ、じれってえな」

「そんなにいらつかなくともいい」

「この野郎」

　弥五郎が叫びざま自分の頭を殴りつけた。

「おいおい、そこまでやることはない」

弥五郎がうなだれる。

「駄目だ。思いだせねえ」

七

直之進としては和四郎と外に出て動きたかったが、登兵衛から待ったがかかり、この日は屋敷でじっとしていた。

直之進が与えられている部屋の障子は半分あき、小さな庭が見えている。音もなく降る雨に打たれて草花はうつむき加減だが、逆にみずみずしさが増して、美しく見える。地面から這いあがってきたようなぬくさに、あたりは穏やかに包みこまれている。いかにも春らしい陽気だ。

「どうして登兵衛どのは、動いてはいかんというのかな」

直之進は、空になった湯飲みを茶托に戻した。

「おかわりをお持ちしますか」

「いや、もういい。腹ががぼがぼだ」

焦る気持ちを抑えつけるために飲んでいる茶だが、さすがに飲みすぎた。さっきから厠に何度も行っている。

和四郎がゆったりとした仕草で、茶を喫する。いかにも茶道に造詣が深い感じだ。あまり茶道のことを知らない直之進はうらやましい気がするが、今はそんなことを考えている場合ではない。土崎周蔵と代之助の二人を捜しださなければならない。

「多分、知らせを待っているのではないかと思います」

和四郎が直之進に告げた。

「知らせ？　誰からの」

和四郎が小さく笑みを見せる。

「見当がおつきになりませんか」

いわれて直之進はしばし考えた。

「もしや太之助《たのすけ》か」

登兵衛が和四郎とともにつかっている手下の一人だ。この男も紛れもなく武家だ。

「その通りです」

「そういえば、ここしばらく顔を見ておらぬな。一人で探索していたのか」

「手前もよくは知りませんが、そういうことだと思います」

「ふむ、一人で動いているのか。危なくはないのかな」

「逃げ足は、手前よりはやい。まあ、大丈夫でしょう」

和四郎はそういうが、直之進は安心できない。これ以上、知っている者に死んでもらいたくない。

「湯瀬さま、おなかは空きませんか」

「いや、さほど空いておらぬ。なにも動いておらぬからな。もう昼か」

「ええ、九つはまわったでしょう」

「もうそんなになるのか。意外にときの進みははやいものだな」

「さようですね。手前は腹が減りました。まったく動かなかったのに不思議なものです」

「おぬしは若いんだろう」

「いえ、そのようなことはありません。湯瀬さまは二十八でございましたね。でしたら、手前より二つ上です」

「ほう、そんなものだったか」

「手前は老けていますから」

「そんなことはないさ」

そういったとき直之進は、塀の向こうから近づいてくる人の気配をとらえた。

「誰か来る」

和四郎が、まわりをうかがう鳥のように首を動かした。

「殺気は？」

「いや、ない。どうやら太之助のようだ」

「ああ、戻ってきましたか」

和四郎が安堵の息をつく。

太之助が屋敷内に入ってきたのが、直之進にはわかった。

すぐ登兵衛に呼ばれ、直之進は和四郎を伴って広い庭が眺められる座敷に入った。そぼ降る雨に灯籠や庭石がしっとりと濡れて、落ち着いた光沢を見せている。

「どうぞ、お座りください」

登兵衛にいわれ、直之進は腰をおろした。斜めうしろに和四郎が控える。

登兵衛のそばに太之助がいる。細面で、鋭い目をしているのははじめて会ったときと同じだ。今は登兵衛の屋敷ということで、ほんの少しくつろいでいる様子なのが知れた。

徳左衛門の姿が見えないが、隣の間に控えているのが気配からわかった。もし周蔵が塀を乗り越え、この座敷に斬りこんできても、すぐさま応対できるよう備えている姿勢がはっきりと伝わる。

「太之助が一つ、つかんでまいりました」

登兵衛が静かにいった。直之進は黙って続きを待った。

「代之助という名で、浮かんできたものがございます」

「まことか」

「はい。樺山さまからお知らせいただいた、上総の出というのが大きかったように存じます」

「そうか。それはよかった。富士太郎さんも喜ぼう」

直之進は先をうながした。

「なにをつかんだのかな」

それまでやや下を向き加減だった太之助が顔をあげた。

「これから手前がご案内いたします」

太之助の先導で、直之進は屋敷を出た。雨はあがる寸前で、ほとんど感じない程度の降りになっている。これなら蓑は必要ない。

直之進は、前を行く太之助の背中を見つめた。足の運びに忍びを感じさせるような軽さがある。うしろを歩く和四郎にはそういうものはない。

「太之助、おぬし、何者だ」

太之助が足をとめずに振り向く。

「手前は、的場屋登兵衛の奉公人でございますよ」

「それは表向きのものだろう。正体がなにかききたいのだがな」

「正体もなにも、ただの奉公人でございますよ」

「口がかたいなあ」

直之進はあきらめない。

「では、おぬしのあるじはいったい何者なんだ」

「札差でございます。湯瀬さまにすれば、それは表向きのものになろう、ということになろうかと思いますが」

「それがわかっているなら、是非とも話してもらいたいな」

「いえ、本当に札差でございます。それ以上のことはなにも」

「侍であることは前に認めたぞ」

「さようですか。それは確かにその通りでございます」

「侍のときはなにをしていた」

「小普請組でございました」

「無役だったのか。それがどうして札差になった」

「さあ、そのあたりの詳しい事情は手前も和四郎も存じません」

「うまく逃げたな」

直之進はしつこいかな、と思いつつ問いを続けた。

「札差になるのには、株を買うのか」

「はい。実際には株というものはございませんが、書面をかわして買い取るという形を取ります」

「いくらくらいするものだ」

「手前は存じません。ただ、千両はくだらないのではないか、と思います」

「ほう、さすがにすごいな。それだけの金を用意できるということは、やはりただの小普請組ではないな」

「さて、どうでございましょうか」

和四郎は会話に口をはさまず、なにやら楽しんでいる風情だ。

太之助に連れてこられたのは、本所菊川町三丁目だった。

「こちらです」

太之助が一軒の料亭を指し示す。黒塀がまわりをめぐり、黒光りする母屋の壁が威圧するように見おろしている。かといって、入りにくい雰囲気があるような店ではない。

「立派な料亭だな」

直之進は、横に張りだしている看板を眺めた。亭花《ていか》と記されている。黒が目立つ外観とは異なり、ずいぶんとやわらかな感じの名だ。

目の前を大横川が流れ、河岸がある。多くの舟が相変わらず行きかっている。大横川というと、周蔵が代之助とともに猪牙で逃げ去った川だ。苦い思いが喉のあたりを這いのぼってくる。

「ここは？」

直之進が太之助にきくと、若い頃に代之助が奉公していた店です、という返答が返ってきた。

「代之助は、この店で板前を目指したようですね」

「ほう、そうなのか」

「ええ。でも、ただ調子がいいだけで上達しようなどという気持ちは一切なく、長続きしなかったようです。すぐにやめてしまったとのことですから」

刻限は昼をすぎたくらいだが、もう仕込みなどははじまっているようで、店の奥のほうから人が働いている物音や気配が届く。ただし、まだ仕事ははじまったばかりのようで、どことなくのんびりしているようだ。

太之助がすでに話を通していたらしく、直之進たちはすぐに入口そばの客間に入れられた。

番頭らしい男がやってきた。きっちりと正座し、銀五郎《ぎんごろう》と申します、と頭を下げた。直之進たちも名乗り返した。

太之助がさっそく口をひらく。

「銀五郎さん、手前に話してくれたことをこちらのお二人にも話してください」

承知しました、といって銀五郎が語りはじめた。

「代之助がうちに奉公に来たのは、口減らしのためです。自分の家で持っていた舟が沈んでしまったんですよ。あの男がやってきたのはまだ十六、七のときでしたね。江戸にはじめて出てきて、目を輝かせていました」

その気持ちは直之進にもわかる。千勢を捜しに来たにもかかわらず、江戸に来た当初は気分が高揚して仕方なかった。日本一の町に憧れるなというほうが無理なのだ。しかも、まだ十六、七ならなおさらだろう。

「どうして代之助はこちらに奉公を」

直之進は銀五郎にたずねた。

「舟を失ったあと、代之助の家の者たちは網元に雇われていたんですが、その網元がうちと懇意にしていたんですよ」

そういうことか、と直之進は納得した。

「代之助の一家は、今も上総で暮らしているのかな」

「いえ、網元の話では、もうとうに死に絶えてしまったそうです。悪い病がはやったときに一家全員……」

「そうか。――代之助はすぐにこちらをやめてしまったそうだが、その後の消息を？」

「いえ、申しわけないことですが、存じません」

銀五郎は本当にすまなげに口にした。

「あの男は、うちをやめる前から博打に走っていたようです。ですので、もしかすると今はそちらのほうに身を置いているのかもしれません」

八

今日、弥五郎は一人だ。

琢ノ介はいない。弥五郎自身、腕に自信はあるが、用心棒として琢ノ介がそばにいないとなると、やはり若干の心細さを覚えないわけではない。侍が腰に刀を帯びていないと頼りなさを覚えるということがあるが、その感じに似ているかもしれない。

琢ノ介は今日、道場に用事がある。秋穂が死んでしまった以上、残念ながら道場はなくなってしまう。弥五郎だけでなく他の門人すべての者が思っていることだが、琢ノ介がそのまま道場を受け継げばよいのだ。しかし、琢ノ介はそういうのを潔《いさぎよ》しとしない男だ。

図々しいところもあるが、物の道理を心得ている。わきまえている男なのだ。

今日は道場の建物のことで、大家のところに行っている。大家も葬儀に出てくれたし、事情は解しているだろうから、建物を返すにあたって悶着をつけてくるようなことはあるまい。話し合いはなめらかに進むだろう。

「いいか、弥五郎、くれぐれも無理をするなよ。わかっているな」

琢ノ介からは強くいわれている。

「もちろんですよ」

弥五郎はしっかりと答えた。琢ノ介の言葉は心から案じてのもので、その気持ちははっきりと伝わってきた。だから、その言葉を軽んずる気持ちなど一切ない。

弥五郎は慎重に探索するつもりでいる。下手《へた》を打って、周蔵と出会うようなことは決してあってはならないことだ。

いや、実際にはそうなればいいな、とは思っている。そのために、これまで探索を続けてきたのだから。

だが、自分がすべきことはそこまでだ。もしあの男と出会うようなことがあっても対決は避け、あとをつけて隠れ家をつきとめることに専念しなければならない。

なにしろ、刀を帯びていないのだ。脇差すらもない。悦之進たち六人が一刀のもとに斬り殺された男に、これでどうやって立ち向かえというのだ。道場で厳しい稽古をしてきたといっても、無理がある。

仮に刀があったとしても勝てはしない。それは琢ノ介にいいきかされるまでもない。

弥五郎自身、わかりすぎるほどわかっている。

それでも、かすかだが、やってみたいという気がないわけではない。勝負はやってみなければわからないだろう。ときの運というではないか。

いや、駄目だ。弥五郎は自らを叱りつけるようにいった。馬鹿を考えるな。やつを見つけたら、気づかれないようにあとをつける。それだけを考えていればいい。

それにしても、と額に浮き出た汗を手ふきでぬぐって弥五郎は思った。あの秋田屋のもと奉公人だった尚吉という男に、俺はいったいどこで会っているのだろう。

あの男に会って以来、ずっと考えている。昨夜も寝床で思いだそうとして、なかなか寝つけなかった。

わからない。どうして思いだせないのか。いらいらしてくる。

今日は曇りだった昨日とはちがい、夏を思わせる太陽が頭上にある。暑い。その暑さも腹立たしく思えてくる。太陽に向かって、引っこめといいたくなってきた。

いや、そんなことをしてなにになる。弥五郎は小さく首を振った。

しかし暑い。暑すぎる。手ふきくらいでは汗はぬぐいきれない。手ぬぐいを持ってくればよかった。

深川だけに、川がすぐそばを流れている。行きかう舟の船頭たちは汗をびっしょりかいているが、どこか涼しげに見えるのは、川風に吹かれているからか。

川は風の通り道になるといわれている。弥五郎は手近の橋の真んなかに立った。その途端、風が吹き渡り、体にぶつかってきた。

涼しい。生き返る気分だった。

橋の欄干に手を置き、しばらく川面を眺めていた。風が吹くたびにさざ波があらわれ、舟が来ると波は二つにされる。そういうことを飽かずに繰り返している。

あっ。弥五郎は思いだした。

あの男は、舟で石を運んできたのだ。舟で、うちの店に来たのだ。そうだ、まちがいない。

あれはいつだったか。

弥五郎はかたく腕を組んだ。むずかしい顔をしているのか、橋を通りかかった近所の女房らしい女が、身投げでもするんじゃないのかという目で見ている。弥五郎は笑みをつくり、女房を安心させた。

あのとき尚吉は半纏を着ていた。なにか屋号みたいなものが入っていたが、あれはなんだったか。

思いだせ。弥五郎は自分を叱咤した。

そうだ、『志』ではなかっただろうか。もう一度、尚吉の半纏を脳裏に呼び戻す。

まちがいない。『志』だ。いつのことだったかも思いだした。あれはもう一年半以上も前のことだ。秋にしては陽射しが強く、かなり暑い日だった。半纏にも汗がにじんでいた。

ただ、弥五郎は『志』という屋号を持つ店を知らない。ここは牛込早稲田町まで戻るしかない。せっかく深川までやってきたのに残念だが、ここは親方にきくしか手立てはなかった
弥五郎は走るようにして牛込早稲田町まで戻ってきた。親方に会う。店の名は

石全《いしぜん》、親方は全兵衛《ぜんべえ》だ。

「あれ、弥五郎じゃねえか。どうした、仕事しに来たのかい」

「いえ、そうじゃねえんで」

弥五郎は仕事を休んでいることを、まずは謝った。

「まあ、いいってことよ。男には仕事より大事なものがあるんだ」

全兵衛は懐の深さを見せてくれた。

「ありがとうございます」

「いいっていってんじゃねえか。それよりもどうしたんだ」

「ききたいことがあるんですよ」

「なんだい」

弥五郎は半纏のことをいった。

「ああ、『志』の半纏か。それなら志摩屋《しまや》さんだよ」

「志摩屋さん？　うちと同業ですよね。店はどこにあるんですかい」

「いや、弥五郎、同業じゃねえんだ。志摩屋さんは運送を生業にしている」

「ああ、そうなんですか」

だからなかなか思いだせなかったのだ。

志摩屋の場所をきいた弥五郎は、さっそく足を運んだ。

「わしの名をだせば、いろいろ話はきけるだろうぜ」

全兵衛はいってくれた。数日ぶりに全兵衛に会って、弥五郎は胸があたたかくなっている。やはり親方はいい男だ。

俺が抜けて仕事は確実にきつくなっているはずなのに、そんなことはおくびにもださなかった。探索がどういうふうに進んでいるのか、知りたくてならなかったはずなのに、そのことにも触れなかった。

やっぱりいい男だぜ。弥五郎は全兵衛の下で働いている幸運を感じた。

弥五郎は、全兵衛に拾ってもらったも同然だ。岡っ引をしていた父親の跡を継ぐ気にはならなかった。

もっとも、父親も岡っ引を本業としていたわけではなく、茶飯売りというのを生業にしていた。

茶飯というのは、茶の汁で炊いたご飯にでん粉でとろみをつけた豆腐をのせたものだ。親父は干し椎茸を加えることで香りに幅を持たせていて、弥五郎自身、何度か食べさせてもらって、とてもうまかったが、岡っ引の仕事が急に入ることもあり、行商に出るのはそうたびたびではなかった。そのためにあまり客もつかず、暮らしはきつかった。

父親が死んだとき弥五郎はまだ十一だったが、長男だったこともあって一家の暮らしを支える必要に迫られた。母親は病気がちで、外で働くことはできなかった。

あまり行くことはなかった手習所の師匠が親切で、その紹介を受けて蕎麦屋に奉公に出たが、そこで兄弟子といさかいをして、奉公できなくなった。兄弟子のいじめだったのだが、そのときその蕎麦屋の常連としてよく顔を見せていたのが全兵衛だった。

幼い頃からの知り合いで、しかも蕎麦屋をやめたときのいきさつを知っていて、うちに来ないか、と誘ってくれたのだ。おまえさんはがたいもいいし、手先も器用そうだ。立派な石工になれるぞ。

これ以上ないありがたい話で、弥五郎は世話になったのだ。

弥五郎は再び深川にやってきた。志摩屋は深川万年町一丁目にある。

目の前は仙台堀だ。たくさんの荷船が河岸につけられ、『志』と入った半纏を着た人足たちが荷を降ろしたり、積んだりしている。帳面を持った数名の手代が指示をだし、人足たちは蟻のように動いていた。

全兵衛が親しいのは、友吉《ともきち》という番頭とのことだ。古手の番頭だから、いろいろなことを知っているはずだと全兵衛はいっていた。

店に入って友吉に会いたいと告げると、弥五郎は奥のほうに連れていかれた。こちらには蔵があり、やはり多くの人足が立ち働いていた。かなりの荷を扱っている店のようで、蔵のつくりからしても、相当の老舗のように思えた。

「石全さんの紹介で見えたってきいたけど」

横合いから姿をあらわした男がいった。

「手前が友吉です」

弥五郎は、お忙しいところをすみませんといってから名乗った。

「弥五郎さんですか。あの、立ち話でまことに申しわけないことですが、よろしいですか」

「ええ、もちろんです」

寸刻も惜しい雰囲気なので、弥五郎はすぐに本題に入った。

「ああ、尚吉という男ですか。確かにいましたね。でも、うちは忙しいこともあって人の出入りが激しいものですから、今どこにいるのかはわかりません」

「ああ、それはいいんです。番頭さんは、玉島屋さんという呉服屋の別邸をご存じですかい」

少し考えたが、友吉はすぐにうなずいた。

「ええ、存じてますよ。向島にあるお屋敷ですね」

「あそこに庭石を運んだことはありますか」

友吉は腕組みした。

「ありますね。もう五年以上も前の話ですかね。でも、仕事は一度きりだったような気がします。確か秋田屋さんという、今はなくなってしまった石屋さんの仕事でしたが」

第四章

一

「珠吉、おいら、この男、知ってるような気がするんだけど……」

珠吉がうなずく。

「あっしもです」

「となると、やっぱり勘ちがいじゃないってことだね」

「そうなりますね」

富士太郎は思わず吐息を漏らした。暗澹とせざるを得ない。

死骸には、すさまじいまでの斬り口が残されている。この傷では、痛みを感じる暇もなかったのではあるまいか。

どこで会っているのかは、考えるまでもない。これと同じ傷をこの前、見たばかりだからだ。あれは、中西悦之進たちが殺された玉島屋の別邸だ。眼前に丸太のように横たわっているのは、悦之進たちの遺骸を見て号泣していた男だ。

まちがいなく中西道場の門人だろう。別邸には琢ノ介と一緒にやってきたの
だ。仲がよかったのはよく知っている。

富士太郎は死骸から視線をはずし、珠吉を見あげた。

「名を覚えているかい」

「ええ」

珠吉が疲れたようにいう。

「旦那もわかっているんじゃないんですか」

「そうなんだけどね、おいらはできたらいいたくないんだよ」

「さいですかい」

珠吉が慈しむような目をしたあと、そっと口にした。

「弥五郎さんですよ」

「やっぱりそうだよねえ」

富士太郎は目を閉じた。だが、間に合わなかった。涙がまぶたを押し破るよう

にして出てきた。

「こんなのってあるのかい。珠吉、おいらは信じられないよ」

鮮やかすぎるほどの袈裟斬りの傷跡からして、犯人はまた土崎周蔵だろう。これまでいったい何人がやつの手にかかり、こうして変わり果てた姿にされたものか。

その男をまだお縄にできず、いまだに平気な顔で暮らさせているというのが許せない。

「おいらは能なしだねえ」

富士太郎は次から次へとあふれだしてくる涙を、手の甲でぐいっとぬぐった。

「旦那、自分を責めちゃあいけませんよ」

「でも珠吉、おいらがもっとしっかりしていれば、弥五郎さんは死なずにすんだかもしれないんだよ」

「そんなことはありませんよ」

富士太郎は珠吉の顔を見た。

「寿命だったと?」

「いいえ、そうはいいません。弥五郎さんは周蔵の手で寿命を縮められたのでしょうから」

　珠吉が歯を食いしばる表情になった。

「でも、弥五郎さんが殺されたのにはなにか理由があるはずです。きっと周蔵の気に入らないことをしたんですよ」

「珠吉は、それを探りだせっていいたいんだね」

「ええ」

　珠吉が言葉少なに答える。

「よくわかったよ。ここで嘆き悲しんでいても、なにもならないものね。おいらは弥五郎さんがなにをつかもうとしていたか、調べさせてもらうよ」

　その意気ですよ、といわんばかりに珠吉が深く顎を引く。

　富士太郎は、心細そうにそばに一人立っている男を差し招いた。がっちりとした体格だが、目が子犬のようにおどおどしていて、いかにも気が小さそうだった。

「おまえさんが、この仏さんを見つけたんだね。まちがいないかい」

「はい、まちがいございません」

　男は正座しているかのようにかしこまって答えた。

富士太郎が事前にきいたところによると、今日の早朝、川に浮いている死骸をこの男が見つけ、舟に引きあげたのだという。それから自身番に通報があり、富士太郎のもとにもつなぎがあったのだ。

「でも、どうしてそんなにはやく舟をだしたんだい」

「ええ、釣りをしたかったんです。あっしは好きなものですから」

男は遠慮がちに釣り竿を扱う仕草をして見せた。

「そうかい。でもよく引きあげてくれたね」

富士太郎がこういうのにはわけがある。江戸では川に流れている死骸はそのままにしておいても、一切お咎めはないのだ。それは、川などに流れている死骸があまりに多いせいだ。それらをすべて調べるのには、富士太郎たちや検死医師の数が足りなすぎるのだ。

「確かにその通りなんですけど、もうそこの河岸につきそうになっていたものですから」

男が指さす。なるほどね、と富士太郎は相づちを打った。

死骸が河岸や岸などに流れつけば、町方は調べなければならないのだ。

富士太郎たちがいるのは深川石島町だ。そばを流れているのは三十間川で、この川に弥五郎は浮いていたのだ。

富士太郎は三十間川の上流をにらみつけた。上流といっても、ほとんど流れはない。かろうじて、東から西へ流れているのがわかる程度だ。

土崎周蔵は昨夜、弥五郎を斬殺し、川に投げこんだのではないか。

そうに決まっている。ということは、この川沿いを東へ行ったほうに周蔵の隠れ家があるということだろうか。

決めつけるわけにはいかないが、そう見当をつけて調べたほうが的を定めやすいのは確かだろう。

あわただしい足音がきこえ、富士太郎は目を向けた。あっ、と思わず声が出た。視野に入ったのは大きな腹だ。それが必死に道を駆けてくる。

その姿を見て、富士太郎はまたも涙が出そうになった。こんなことじゃあいけないよ。気持ちを抑えこみ、なんとか涙をこらえる。

「富士太郎っ」

珠ノ介が駆けこんできた。信じられないという顔だ。

「嘘だろう」

富士太郎はかぶりを振るしかなかった。珠ノ介がすがるように珠吉を見る。珠吉は申しわけなさそうに下を向いた。

富士太郎は、かぶせておいたむしろを静かに払った。

琢ノ介の膝が崩れた。軽い地響きを立てて地面に両手をつく。

「弥五郎っ」

襟をつかんで揺さぶる。

「頼む、起きてくれっ。目を覚ましてくれ」

だが弥五郎の首は力なく揺れるだけだ。

「平川さん」

そうされる弥五郎が哀れに見えて、富士太郎は琢ノ介をとめた。琢ノ介が気づいて、静かに襟を放した。

「どうしてこんなことに」

呆然とつぶやく。次から次へと涙が出てくる。琢ノ介はそれがわかっていないようで、ぬぐおうとすらしない。

手ぬぐいを貸したところで、琢ノ介はふこうとしないだろう。富士太郎は黙って見守るしかなかった。

「わしのせいだ。わしが悪いんだ」

琢ノ介は泣き叫び続けた。

弥五郎の家族も駆けつけた。弥五郎の奉公先である石屋の親方もやってきた。

誰もが弥五郎の遺骸を見て、大泣きした。悲痛な叫びがあたりにこだましたが、ここは泣きたいだけ泣かせるしか富士太郎たちにできることはない。気持ちを落ち着かせる効能が涙にあるのを、これまでの経験から富士太郎や珠吉は知っている。

しばらくして、琢ノ介が静かになった。

「少しは落ち着きましたか」

富士太郎はささやきかけた。琢ノ介が涙でくしゃくしゃになった顔をあげる。頬がすり切れたように真っ赤だ。泣きすぎるとこうなることも、富士太郎は知っている。

「立てますか」

「あ、ああ」

琢ノ介ははじめて歩こうとする赤子のように、よろよろと立った。富士太郎と珠吉は両側から支えた。

「話をうかがいたいんですけど、よろしいですか」

「むろんだ」

富士太郎は泣き声をあげ続けている家族たちから離れたところに、琢ノ介を連れていった。そこは、商家としもた屋の板塀にはさまれた路地だ。

「最近の弥五郎さんのことに、琢ノ介さんは詳しいですか」

「ああ」

琢ノ介は一緒に動いていた、といった。

「動いていたというと、もしや探索していたんですか」

「そうだ。富士太郎のような探索をもっぱらにする者がいるのに、素人が手をだしてこのざまだ」

琢ノ介がため息をつく。

確かにそんな真似をしなければ、殺されるようなことはなかっただろう。だが悦之進を周蔵に殺され、しかも妻の秋穂も自害したときいた。弥五郎たちが熱くなるのはわかる。責めることはできない。

「昨日も一緒だったのですか」

富士太郎は問いを続けた。

「いや、昨日はちがう」

琢ノ介が説明する。

「そうだったんですか。琢ノ介さんは道場の大家さんと会っていて、弥五郎さんは一人で動いていたんですか」

それが命取りになったのだ。

「わしは、弥五郎に決して無茶をするなといっておいた。弥五郎もそれはよくわかっているようだった。だから、わしは一人で行かせた。だが、不安がないわけではなかった。昨日、その気持ちにしたがっていれば……」

琢ノ介が再び涙を流しはじめた。人というのはこんなに涙が出るものだと、富士太郎ははじめて知った。

「それは過ちだった。一人で行くというのを決して許すべきではなかった。これはわしのしくじりだ」

琢ノ介が空を見あげる。弥五郎の魂を捜しているような瞳だ。

「まったくなんて馬鹿者なんだ。わしなど生きている価値はない」

「ちょっと待ってください」

富士太郎はすぐさまいった。血相が変わったのが自分でもわかる。

「そんなことあるものですか。琢ノ介さん、まさか自害するなんていうんじゃありませんよね。そんなこと、それがしは決して許しませんよ」

驚いたように琢ノ介が見る。そういってもらえると、少しは心が慰められる」

「ありがとう、富士太郎。そういってもらえると、少しは心が慰められる」

「いえ、こちらこそきつい口調になってしまって、申しわけなく思います」

「いや、わしのような馬鹿者には、そのくらいでちょうどいい」

富士太郎は琢ノ介をあらためて見据えた。

「どうした。どうしてそんな怖い顔をする」

「琢ノ介さん、大丈夫ですね。一人になっても自害なんて考えませんね」

「ああ、大丈夫だ。決してそんな真似はせんよ。わしは周蔵を討たねばならんからな」

「無理はいけませんよ」

富士太郎は釘を刺した。

「わかっている。討つのは、直之進にまかせるつもりだ」

「わかりました。――琢ノ介さんたちの探索はかなり進んでいたのですか」

琢ノ介がどういうふうに調べていたかを答えた。

「なるほど、石屋さんを調べていた。玉島屋の別邸の庭石は、貴船石というものだったのですか」

富士太郎は、それを教えてくれていたら、と思った。まずまちがいなく弥五郎を死なせることはなかっただろう。

だが、そのことを口にする気はない。琢ノ介もそのことはわかっているはずだからだ。

弥五郎は、と琢ノ介がいった。

「秋田屋という石屋で奉公していた尚吉のことを気にしていた。だから、昨日はおそらくその男のことを調べていたのではないかと思う」

「なるほど、わかりました」

尚吉のことをもう少し詳しくきいた。

富士太郎は琢ノ介に代わって、家族に話をきこうとした。だが、まだ激しく泣いていてそういうことができる状況になかった。

弥五郎の奉公先のあるじを呼んだ。

全兵衛からも、琢ノ介に負けない興味深い話をきくことができた。

「では、弥五郎さんは昨日、志摩屋という運送屋の話をききに来たんですね」

「さようです」

全兵衛には元気がない。がっしりした体格だが、今は蝿の羽ばたきのほうがはるかに大きい声しか出ないようだ。目は真っ赤で、涙の跡が頬にくっきりついている。震えだしそうな体を、必死に心で抑えつけているのがわかる。

富士太郎は少し考えてから、視線を全兵衛に戻した。

「親方は、尚吉という男のことを耳にしたことがありますか」

「尚吉さんですか。いえ、存じあげません」

「そうですか。ありがとうございました」

富士太郎は、珠吉とともに志摩屋へと向かった。

二

佐之助は今日、侍の格好をしている。久しぶりに二本差しだ。今日は一番、いい着物を身につけている。

これなら、と独りごちた。五百石取りの旗本くらいには見てくれるかもしれぬ。

朝日が正面から照りつけてくる。まだ春といっていい時季なのに、今年は夏の訪れがはやそうだ。陽射しはすでにきついし、太陽の勢いはすでに春のものではない。

考えてみれば、昨夜も蒸し暑かった。佐之助は、夜更けに忍びこんだ屋敷のことを思いだした。

男は、室伏右近介《むろふしうこんのすけ》といった。五年前、逢い引きのために瑞林寺という寺の門前で佐之助を待っていた晴奈を、周蔵とともに連れ去ろうとした三人組の最後の一人だ。この男のことは、むろん駒田源右衛門からききだしたのだ。

室伏右近介は、源右衛門と同様、熟睡中に不意に枕元に姿をあらわした佐之助に対し、ひどくおびえた。

話をきくだけだ、おとなしく答えればなにもせぬ、といったら、少しは落ち着いた。隣に妻が寝ていたので、外に連れだし、庭の木の陰に座らせた。

右近介も源右衛門と同じように、もともと旗本の三男だった。やはり婿入りしたのだ。しかも小普請組ではなく、役つきの家だ。

右近介は、普請奉行の支配下にある普請方の一人だ。普請奉行の下には普請方下奉行という者が四人いて、右近介はそのうちの一人の差配のもと、働いている。役料は二十俵ときいているから高いものではないが、二百七十石の家には大きいだろう。

昨夜、右近介が見せたおびえは、殺されるかもしれないという思いだけでなく、そういう家におさまることができた幸運を死をもって手放さなければならないこと、殺されずとも旧悪が明らかになることで役を取りあげられるかもしれないこと、役の取りあげだけでなく家が取り潰しになるかもしれないこと、取り潰しにまで至らなくても離縁はされるかもしれないこと、そういうさまざまな気持ちが入りまじったものだったのだろう。

右近介がとうに周蔵とはつき合いを絶っていたのは、源右衛門とまったく同じだった。

最近、周蔵の消息をきいたことがあるかときくと、ろくに考えもせずに、ありませんと答えた。もっとしっかり思いだせ、周蔵について一つでも思いださぬと俺は消えぬ、と迫ると必死に頭を働かせた。

風が幾度か吹きすぎて、頭上の枝を騒がしていった頃、ようやく口をあけた。

最近、一度だけ周蔵を見かけたことがあります、といったのだ。

三ヶ月ほど前のこと、とある料亭だった。右近介は周蔵に声をかけなかったという。周蔵は、どこぞの商人らしい男と一緒だったようだ。

右近介から商人の顔形をききだした佐之助は今、その料亭に向かっている最中だ。本当はすぐにでも千勢のところに行き、人相書を書いてもらいたかったが、右近介がじかに千勢にいうのならともかく、その商人本人を知らない自分が説明したところで、無理があるだろう。

せっかく千勢のもとに顔をだせる口実を見つけたというのに、それがうつつのものにならず、佐之助は残念だった。

右近介が口にした料亭は深代《ふかしろ》といった。店は、深川中川町にあった。料亭のすぐそばに小さな橋が架かり、その下を行きかう舟の櫓の音が物悲しくきこえてくる。

まだ店はひらいていないが、奉公人たちはすでに働いているようだ。なかからはそういう物音や気配が伝わってくる。

門の外から見る限り、深代はこぢんまりとした建物だ。造りの新しさからして、老舗でもなさそうだ。門のそばは掃き清められ、背の高い竹垣がぐるりをめぐっている。大きな提灯が二つ、門柱からつり下がっている。

佐之助はあけ放たれている門を抜け、母屋に近づいた。

「ああ、申しわけないんですけど、まだなんですよ」

入口の近くで、箒《ほうき》をかけていた女中らしい女が、やさしく声をかけてきた。

「客ではない。ちょっとききたいことがあって訪ねてきた」

女中の口調に合わせ、佐之助はていねいな言葉を心がけた。

「はい、なんでしょう」

女中は箒を壁に立てかけると、近づいてきた。最初は若く見えたが、目尻と頰にしわが目立つことから、歳はいっているようだ。古くから奉公しているのかもしれない。

人の気配に気づいたようで、腰の曲がった年寄りが外に出てきた。下足番のような雰囲気を持っている。いらっしゃいませ、といってなかに戻っていった。

それを見送って、佐之助は話をはじめた。

「こちらはずいぶんと武家に評判がよいときいているが、まちがいないか」

「はい、おかげさまで、多くのお武家にご利用いただいております。心を尽くしておもてなしいたしておりますので、そのことできっと繰り返しご利用いただいているものと存じております」

「さようか。それならそれがしも近いうち、利用させてもらおう。二十人くらい連れてくるかもしれぬが、大丈夫かな」

女中が顔を輝かせる。

「はい、それはもう。きっと気に入ってくださると存じます」

「そうか、わかった。それにしてもおぬし、住みこみか。こんなにはやくから働いているというのは、そうなのであろう」

「はい、さようです」

「住みこみは窮屈ときくが、おぬしの場合、居心地はよさそうだな」

「ええ、お店にはとてもよくしてもらっていますから。この母屋の裏に、奉公人の長屋があります」

「ほう、長屋があるのか。そいつはすごい」

「はい、私もそう思います」

女中がにっこりと笑みを見せた。

このくらい打ち解けられればよかろう、と佐之助は判断した。

「ところでおぬし、土崎周蔵どののことを存じているか」

「土崎さま」

女中は考えこんだ。佐之助は周蔵の顔形、身なりなどを教えて、思いだすための手助けをした。

「その方はお侍ですか」

「そうだ」

「さようですか。いえ、私はそういうお名のお侍は存じておりません」

「そうか。それなら、名はわからぬが、三ヶ月ほど前、土崎どのと一緒だった商人のことはどうかな」

細身で中背、頬は豊かで、目はどんぐりのような形をして、鼻は潰れたようになっている。歳は四十代だろうと思える。

佐之助自身、口にしていて、なんとも特徴のない顔だと思わざるを得なかった。

「いえ、私にはわかりかねます。申しわけないことにございます」

「いや、謝らずともいい。その代わりと申してはなんだが、ほかの者にも土崎周蔵どのと商人のことをきいてもらえぬだろうか」

「はい、承知いたしました」

女中が入口脇の縁台に座って待つようにいったから、佐之助はその言葉に甘えた。

しかし、と縁台に尻を預けて思った。俺もだらしなくなったものだ。立っているよりこうして座るほうを選んじまうなんて。これではどうやっても湯瀬には勝てないだろう。

不意にあたりが暗くなった。庇越しに見あげると、太陽が小さな雲に隠れたところだった。風が涼しく感じられ、佐之助は襟元を直した。

手が勝手に動いてしまったことに気づき、愕然とする。こんなに俺は弱くなってしまったのか。こんな風くらいで……。

足音がし、先ほどの女中が戻ってきた。

「たいへんお待たせいたしまして、申しわけないことにございます」

「いや、いい」

「あの、どうかされましたか」

女中の顔におびえがある。怖い顔をしているのがわかり、佐之助は咄嗟に笑みをつくった。

「いや、なにも。それで、どうであった」

周蔵のことは誰も覚えていないとのことだった。一緒にいた商人のことも同じだ。

一瞬、女中に気づかれないようにその表情を見た。嘘はついていないのが女中の顔からはっきりした。つまり、周蔵のことを知っていてとぼけているのではない。本当に誰も覚えていないのだ。

「ここは一見《いちげん》でも入れるんだな」

「はい、もちろんでございます」

「繁盛しているのだな。それなら、いつも多くの客でにぎわっているだろう。気にせんでくれ」

佐之助は礼をいった。門を出ようとして、うしろから近づく静かな足音をきいた。佐之助はそのまま歩みをとめず、門を出ると、すばやく左の路地に入りこんだ。

あれ、という声がし、きょろきょろしている年寄りが路地をのぞきこんできた。佐之助は立ち小便をしているふりをした。

「おや、さっきのじいさんではないか」

佐之助が女中と話をはじめようとしたとき、入口から顔を見せた年寄りだ。

「ああ、さいです。ああ、すみません」

年寄りは、佐之助がなにをしているか見て取り、頭を下げた。

「いや、もう終わった。じいさんに見られて出なくなった」

「すみません」

「気にせずともよい」

佐之助は道に出た。雲に隠れていた太陽が顔をだし、あたりはまばゆいほどの光に包まれた。

「なにか用か」

「さようで」

年寄りは曲がっている腰をかがめた。

「手前は、お侍のおっしゃっていた方がどなたか覚えておりますよ」

「ほう、そうか」

佐之助は勢いこみそうになるのを抑えた。

「ええ、商売柄と申しましょうか。手前は下足番を長いことつとめておりましてね。本当は女中も覚えていなければいけないんですけど、昔と今はちがいますからね。なかなか覚えない人が増えてきました」

「どちらだ。土崎周蔵か、それとも商人のほうか」

年寄りが乾いた唇をなめる。舌がなめくじのように見えた。

「すみません、年寄りは話をきいてもらいたいんで、前置きが長くなっちまって。——商人のほうですよ。多分、お侍のおっしゃっている商人は、喜多山屋《きたやま》さんという商人と一言二言話したお方だと思いますよ」

喜多山屋がどういう字を当てるか、年寄りが教える。

「喜多山屋か。何者だ」

「ええ、蕎麦粉やうどん粉を扱っている粉屋さんですよ。うちを贔屓にしてくださる常連さんです」

年寄りが再びお辞儀する。

「三月《みつき》も前のことですので、もしかするとちがうのかもしれませんが」

さすがに確信はなさそうだ。

「喜多山屋のあるじはなんという」

年寄りは即座に答えた。佐之助はその名を覚えこんだ。人の名をすぐさま脳裏に刻みつけるのも、殺し屋として大事なことだ。今後はもはや必要となってこないかもしれない。

佐之助は一つ気づいたことがある。

「おぬし、さっきの女中にそのことを教えなかったのか」

「ええ、さいです」

佐之助は察した。

「話してしまっては一文にもならぬか」

「さようで。ただ、手前も好きでこういうことをしているわけではありませんで。ちょっとせがれの嫁にありましてね、助けてやりたいと思っているんですよ」

「せがれの嫁か。いい心がけだ」

佐之助は財布をだし、金をつかみだした。

「取っておけ」

「えっ」

年寄りが目を丸くする。

「こんなによろしいんですかい」

「ああ」

佐之助は、二枚の小判を手にした年寄りをその場に残し、歩きはじめた。少し歩いて振り返ってみると、年寄りはまだそこにいて佐之助を見つめていた。呆然と立ちすくんでいるように見えたが、曲がっていた腰がすっきりのびているようなのには、思わず笑みがこぼれた。

喜多山屋は、深川黒江町にあった。粉屋であるのがはっきりとわかる看板が横に張りだし、大きな扁額が店の上に掲げられている。問屋のようだが、近所の女房らしい者が出入りしているところを見ると、小売りもしているらしい。

暖簾を払い、佐之助は店内に足を踏み入れた。粉っぽいにおいが充満している。咳きこみかけたが、代わりにくしゃみが出た。

「ああ、まことに申しわけないことでございます」

くしゃみをさせたことを謝りながら、手代らしい者が寄ってきた。

「ご入り用でございましょうか。なにを差しあげましょう」

「あるじに会わせてほしい。いるのか」

「あの、どのような用件でございましょう」

「人を捜している。その名をこちらのあるじが知っていると思われる」

「あの、どなたをでございますか」

「それはあるじにじかにいう」

「あのお侍、お名をおききしてもよろしいでしょうか」

「それは、ちと勘弁してほしい」

「さようでございますか。少々お待ちいただけますか」

手代は奥に姿を消した。

すぐに戻ってきた。一人の男をともなっている。でっぷりとした体格をしており、腹が出ている。頬もたっぷりとして、垂れ下がり気味だ。いい物をたらふく食う暮らしを続けているのだろう。

「あの、人をお捜しとのことでございますが、どちらさまのことでしょうか」

男は、喜多山屋紀兵衛《きへえ》でございます、と名乗ってからいった。意外に澄んだいい声をしている。

佐之助は伝えた。

「深代で会った人？　三月前？」

紀兵衛はしばらく考えていた。

「志摩屋さんでございましょうか」

「志摩屋？」

「はい、運送屋さんにございます」

紀兵衛が説明を加える。

「うちはうどん粉等を扱っておりますので、ときに志摩屋さんに仕事を依頼することもございます。それで、ご主人のことは手前、存じあげております」

三

信じられない思いで一杯だ。

直之進はうなだれるしかない。

またも葬儀に出ることになるとは。

弥五郎の家に駆けつけて、すでに半刻以上たつ。だが、いまだに弥五郎の死を信ずることができない。

弥五郎が死ぬなんて。この前会ったとき、ぴんぴんしていたのに。しかも、周蔵に殺されたらしいと知り、腹が煮えてならない。

周蔵をとらえることにしくじり、野放しにしてしまった自分の責任だ。いや、とらえるなどということではない。玉島屋の別邸で殺していたら、こんなことにはならなかった。

くそっ。またも俺のせいだ。

直之進は畳に拳を叩きつけそうになって、かろうじてとどまった。そんな真似はできない。すでに葬儀ははじまっている。
横に座っている和四郎が気がかりそうな眼差しを向けてくる。大丈夫だという
ように、直之進はうなずきを返した。
しかし、やはりおれのせいだな。耳のなかで不意に声がしたような気がした。
ちがいますよ。直之進は再び考えた。
「なにかいったか」
直之進は和四郎にきいた。
「いえ、なにも」
「そうか」
今のはなんだろう。空耳にすぎないのか。
線香の煙が濃く漂うなか、棺桶の前に座った和尚から、響きのよい声が旋律の
ように流れてくる。
この読経なら弥五郎の魂は迷うことなく黄泉《よみ》の国に行けるかもしれないが、そ
んなことはあるまい、と直之進は思った。きっと仇を討ってほしい、と頼むため
に、今もこの家のなかをさまよっているのではないか。
いや、俺を見つけて、必死に仇討を訴えているのかもしれない。そんな気がし

てならない。さっきの声は、まさか弥五郎ではあるまいな。

いや、本当にそうかもしれない。直之進は弥五郎の姿が見えないか、視線をさまよわせた。だが、残念ながら自分にはそういう力はない。

周蔵がどこにいるのか手がかりがほしい。直之進は心で呼びかけた。

しかし弥五郎の声はきこえてこなかった。

読経が終わり、直之進は琢ノ介のそばに行った。腰をおろす。

「直之進、来てくれていたのか」

琢ノ介の顔ははれぼったい。涙を流しすぎたのだ。目もはれてしまっており、まぶたがふさがるようになっている。

「当然だ」

直之進は静かに答えた。

「わしが殺したようなものだな」

琢ノ介がぽつりとつぶやく。

「そんなことはない」

「あるんだ」

琢ノ介が嚙みつくようにいい、どうしてこういうふうになったか語った。

「そうか、弥五郎どのは一人で動いていたのか。それで周蔵の手に……」

「だから、わしのせいなんだ」

そんなことはありませんよ。耳のなかで言葉が鳴った気がした。

またただ。直之進は確信した。弥五郎はまだこの家にいる。

「琢ノ介、いいか、本当にそんなことはないんだ。悪いのは――」

「自分だというのか、直之進」

いや、と直之進はかぶりを振った。

「土崎周蔵のせいだ。やつが生きているからこそ、いろいろ起きるんだ」

琢ノ介が目をみはったのが、瞳の動きでわかった。

「直之進、変わったな」

「ああ。信じられんかもしれんが、弥五郎がそういってくれている。自分のせいだと考えてうじうじしているより、どうしたらやつを葬れるか、考えたほうがいいって教えてくれているんだろう」

「本当か。本当にきこえているのか」

「ああ」

「そうか」

塚ノ介が見まわす。

「見えんな」

「俺もだ」

塚ノ介が直之進に目を戻した。

「やつを捜し当てたら、殺すのか」

「ああ」

塚ノ介が身を引き気味にする。

「直之進、目が怖いな」

「そうか。——それにしても、手がかりがほしいな」

これは、そばにいるはずの弥五郎に語りかけた言葉だ。だが、なにもいってこない。これは自力で捜しだすほかに手はないのだろう。

「弥五郎どのと一緒の探索で、なにを得た」

塚ノ介が語る。

「尚吉という男か」

「ああ、だがその男のことは昨日、富士太郎に話したぞ」

そうか、と直之進はいった。富士太郎を捜し、話をきくのもいいかもしれない。きっとなにかつかんだだろう。

「富士太郎は、あそこにいる男からも話をきいていたな」

琢ノ介が小さく指さした先にいるのは、がっしりとした男だ。こちらも琢ノ介と同じように、泣きはらした顔をしている。

「弥五郎の親方らしい。名は全兵衛さんだ」

「どれ、さっそく話をきいてみよう」

直之進は全兵衛のそばに行き、名乗った。

弥五郎とどういう知り合いだったか話す。

「さようですか。道場で弥五郎と稽古をなさったこともあったんですか」

直之進は、富士太郎になにを話したかきいた。

「志摩屋さんのことですよ。弥五郎があっしにきいていきましたから」

志摩屋がどこにあるか、場所をきいた。礼をいって、直之進は和四郎とともに弥五郎の家を出た。

富士太郎に会いたい。どこにいるのか。志摩屋へは、昨日のうちに行っているのではないか。深川に行けば、会えるだろうか。

代之助が通っていた賭場というのは昨日、すでに判明し、直之進は当たってみた。

だが、代之助の消息を知っている者はいなかった。もうだいぶ昔の話のことで、それは仕方なかった。

「和四郎どの、これから深川へ行こうと思っている」

直之進はわけを話した。

「承知いたしました。その志摩屋さんという運送屋に行くわけですね」

うなずいて、直之進は歩きだした。

志摩屋は深川万年町一丁目にある。目の前は仙台堀で、河岸になっている。

店に入ろうとしたら、横から走り寄ってくる者がいた。目を向けると、驚いたことに富士太郎だった。いつものようにうしろに珠吉も控えている。

「直之進さん、こんなところで会うなんて、うれしい。やっぱりそれがしたちは縁があるんですねえ」

富士太郎は跳びはねている。しかしすぐに動きをとめ、表情を引き締めた。

「でも、どうしてここに」

直之進はやってきた経緯を語った。

「そういうことですか。この店では二年ばかり、尚吉という男が働いていたことがわかりました」

富士太郎が志摩屋の前にいることに気づいて、直之進たちをすぐそばの路地に連れていった。

「ここならいいでしょう。――でも、志摩屋からはこれといってなにも出てきません。どこにでもある運送屋ですね」

確かにちょっと見た限りでは、人足たちの表情も明るいし、妙な店には見えない。

「琢ノ介によると、弥五郎どのは玉島屋の別邸にあった貴船石のことを気にしていたらしいな」

「ええ、そのようですね。でもあの別邸の貴船石は、秋田屋という今はもうなくなってしまった石屋が京から買いつけてじかに運んだそうですから、志摩屋は関係ないんですよ」

「ほう、そうなのか」

「でも弥五郎さんは、貴船石を運んだことがないか、店の者にきいていたようです。これは人足から話をきいたんです」

「運んだことがあると？」
「いえ、それが昨日、担当の者が出かけているらしくて、話をきけなかったんです。それで今日、出直してきたんですよ。帳簿も調べておきますってことだった
し」
「そうか。貴船石というのは、なにか周蔵に関係あるのかな」
「どうなんでしょう。でも、弥五郎さんの死を無駄にしないためにも、しっかり
と話はきいてきます」
直之進は、路地からわずかに見える、志摩屋の屋根を眺めた。
富士太郎がそんな直之進を見つめ、残念そうに首を振る。
「一緒に話をききますか、といいたいところですけど、ちょっとそれはさすがに
無理ですね」
「ああ、れっきとした町方役人がこんな浪人然とした侍を同席させたら、きけた
い話もきけなくなってしまうだろう」
「そんなこともないでしょうけど……では、行ってきます」
直之進は、志摩屋に入ってゆく富士太郎と珠吉の二人を見送った。

四

土崎周蔵は目をあけた。廊下を歩いてくる足音がきこえたからだ。

「土崎の旦那」

代之助が、障子の向こう側に膝をついたのが影からわかった。

「なんだ」

周蔵は上体を起きあがらせた。

「文がまいりました」

「誰から」

「鑑造《かんぞう》さんです」

「入れ」

障子があき、失礼しやす、といって代之助が膝行してきた。

「どうぞ」

手渡された文を周蔵は見つめた。封はしっかりされている。代之助は先に読んではいないということだ。当然だろう。

周蔵は封を切り、文を取りだした。

「昨日、ついに町方がやってきたそうだ。今日も来るらしい」

「よく町方が突きとめましたね。なんの調べですかい」

「俺が斬り殺した男のことだ」

「ああ、弥五郎ですかい。あっしのことをこそこそ嗅ぎまわっていた以上、あの世に行くのは当然の報いですよ。土崎の旦那、お礼をいわせていただきますぜ」

「まあ、いいってことよ」

周蔵はぞんざいない い方をした。

「読むか」

「ありがとうございます」

代之助が手に取り、文に目を落とす。

「今日、町方が来るのは貴船石のことですかい。貴船石といいますと、ここにもありますねえ。あっしにはふつうの石にしか見えないんですけどね」

「俺だってそうだ。だが貴船石のことで、この屋敷を手繰られるようなことはあるまい」

「鑑造さんは、町方をちがう屋敷に連れてゆくと書いてありますものね」

「そういうことだ。同じ石を入れたところがあって、よかったな」

「そうですね。でも、弥五郎って野郎は素人のくせに、よくぞ調べたものですね」

「ああ、うっとうしい男だった。あのまま放っておけば、必ずこの屋敷を探り当てていたにちがいない」

だから殺した。鑑造の手下の者をつかい、この近くまで連れてこさせた。その頃にはすでに日は落ちかけており、やつには俺の姿はまったく見えなかっただろう。

もっとも、俺は風のようにすばやく近づいた。やつはそこそこの腕があったが、丸腰だった。斬り捨てるのには造作もなかった。悦之進たちを殺したときよりも楽だった。

そのあと死骸を川に流した。そのまま海まで流れてしまえば、町奉行所が動きだすことはなかったが、弥五郎の死骸は引きあげられたようだ。

このことに周蔵はほんの少しだけ、縁起の悪さ、運の悪さを覚えている。なにか、弥五郎の執念がまさったのではないか、という気がしてならないのだ。

いやな予感がする。ここを出てゆくべきだろうか。

いや、そこまでする必要はあるまい。町方にしろ、湯瀬直之進たちにしろ、どうやってここを突きとめるというのだ。

周蔵は再び畳に横になった。目を閉じる。このまま寝てしまいそうだ。

ずっとこの屋敷にいて、もうすっかり慣れてしまった。周蔵の頭である島丘伸《しまおかしん》之丞《のじょう》から貸し与えられている屋敷だ。

庭には、いくつもの庭石が配置されている。それが京で取れる貴船石という希少な石であるとは、つゆ知らなかった。

「土崎の旦那、あっちのほうはどうだったんですかい。よかったんでしょうねえ」

なんのことをいっているかは見当がついている。周蔵は目をひらいて、代之助を見た。

案の定、下卑た顔をしている。

「あれは駄目だった」

「えっ、そうなんですかい。でもどうして」

「きくな」

「はい、わかりました」

「いや、いい。教えてやろう。俺のが役に立たなかったんだ」

「えっ、そいつはまた」

「嘘だ。とにかく駄目だったんだ」

「わかりました。一緒に連れていってもらえないのが、寂しかったんですけど、それをきいて少しは安心しましたよ」

「そんなに俺ができなかったのが、うれしいか」

「いえ、そんなことはありません」

周蔵は再び瞑目した。あのときのことが脳裏によみがえる。

あれも結局は思い通りにならなかった。やることなすことうまくいっていない。

やはり安心できぬな。

周蔵は勢いよく立ちあがり、両刀を腰に帯びた。

「お出かけですか」

「うむ」

「お供いたしましょうか」

「いや、よい。おまえはここで休んでおれ」

「はい、承知いたしました」

外に出たいという顔だったが、代之助は素直に首を縦に振った。

ひばりが鳴いている道を歩きはじめた周蔵が向かった先は、島丘伸之丞の屋敷だ。

「よく来た」

伸之丞が座敷にあげてくれた。

「飲むか」

酒のことをいっているのか、それとも茶だろうか。いや、どちらでもかまわない。この男は服従しない男はきらいなのだ。

「いただきます」

伸之丞が満足げにうなずき、両手を柏手のように二度打った。

「お呼びにございますか」

女が襖をあけ、伸之丞にきく。周蔵がはじめて見る顔だ。

「酒を頼む」

「承知いたしました」

女が一礼して襖を閉じる。

「新しい妾だ。どうだ、周蔵」

「きれいな人ですね」

「惚れそうか」

ここはどう答えれば、仲之丞を喜ばせられるだろうか。

「はい、もう惚れました」

「そいつはいい」

仲之丞が顔をほころばせたが、すぐに笑みを消した。まるで氷を張りつけたようなかたい表情になっている。

周蔵はぎくりとした。なにか機嫌を損ねることをいってしまったのか。

「だったら周蔵、どうして名をきかんのだ」

「今、きこうと思っておりました」

「うまいことを申す。だが、おまえになど教えてやらぬ」

「はっ、畏れ入ります」

きれいなのは事実だ。しかし俺の好みではない。少し歳がいきすぎている。むろん、そんな思いはおくびにもださない。もし知れたら、仲之丞に殺されるかもしれないのだ。

伸之丞は怖い。やり合えば勝つのは紛れもなく自分ではないかと思うが、周蔵にはどうしても確信できない。伸之丞には底が知れないところがあり、それが薄気味悪さにつながっている。

「それで今日はなんだ」

伸之丞にきかれ、周蔵は答えようとした。

「いや、当ててやろう。あの屋敷を出たいというのであろう」

少し驚いた。

「はい、その通りです」

「いやな予感がするか」

「はい」

「実はわしもよ」

「でしたら、よろしいでしょうか」

「いや、気にするな。鑑造から文が届いたであろう。文の申す通り、鑑造の手下の者は別の屋敷へやつらを導く。それで、あの屋敷までやつらがたどりつくことはない」

周蔵は伸之丞の屋敷を辞した。いやな気分だ。本当に伸之丞の言葉は正しいのか。

仲之丞は常人とはくらべものにならないほど、勘が鋭い。その仲之丞の言葉だから信用したいが、胸騒ぎはおさまらない。

むしろ、仲之丞の屋敷に行く前よりもっと強いものになっている。

くそ。胸のなかをちりちりと焼かれている気分だ。

ぎくりとして周蔵は足をとめた。目の前に直之進が立っていたからだ。

一瞬、本気で刀を抜きそうになった。幻であるのは即座に解したが、いやにはっきりと見えた。

直之進は、刀を構えている。自信満々の表情だ。

この俺の秘剣を破れるというのか。

いや、きさまには無理だ。打ち破れるはずがない。

だが、周蔵は確信を失っている。それだけ気持ちが揺らいでいる。代わって心に芽生えてきたのは、焦りだった。

こうしてはおられぬ。周蔵は急ぎ足で屋敷に戻った。

「お帰りなさいませ。はやかったですね」

代之助が安堵したようにいったが、周蔵はなにも答えなかった。

庭で稽古をはじめた。気合をほとばしらせて、刀を何度も振りおろしてゆく。代之助が思わず目をみはるほどの激しさだった。

五

遠目に眺めている分には、ただの運送屋にしか見えない。

佐之助は深川万年町一丁目にいる。半町ほど先にあるのは、粉屋の喜多山屋紀兵衛からききだした志摩屋だ。

あの店のあるじが、深代という料亭で周蔵と一緒だった。どういう関係なのか。

どうせまともな関係ではあるまい。あの店は裏でうしろ暗いことをしている。だからこそ、周蔵のような男を必要としているのだ。

くるくると忙しそうに立ち働いている奉公人や人足たちは、裏の稼業のことはおそらくなにも知るまい。いや、むろんあるじだけが裏の仕事に関わっているわけではなかろう。何人か主立った者だけの秘密にちがいない。

正面から乗りこみ、あるじを締めあげることができるか。

佐之助は店を見つめ、考えた。やれぬことはないだろうが、ここは慎重を期したほうがいいように思えた。勘にすぎないが、こういうときはそれにしたがったほうがいい。

夜しかあるまい。深夜、眠りこけているところを締めあげてみるのが最もいい手立てだろう。

ここにやってくる前、志摩屋のことは調べてみた。あるじの名は鑑造。老舗といえるのか、すでに創業して五十年ほどたっている。内情は悪くないようだ。評判からして、かなり儲かっているらしい。

志摩屋の表の顔に、不審なところは見当たらない。しかし、周蔵のような男と料亭で一緒にいるところを見られたのが運の尽きだ。

化けの皮をはいでやる。待っていろ。佐之助は、まだ見ていない鑑造という男に呼びかけた。面を拝むのが楽しみだった。

深夜に忍びこむ以上、それまでときを潰さなければならない。刻限はまだ昼になっていない。

よし、顔を見に行こう。佐之助は千勢の姿を脳裏に描いた。ずいぶん会っていない。千勢も会いたがっているのではないか。

いや、と思う。それは、自分の思いこみにすぎないのではないか。

思いこみでもかまわん。とにかく顔を見たくてならない。

鑑造という男の顔を見るより先に、千勢の顔を目の当たりにしたい。

それに探索に進展があったから、報告できる材料ができた。これなら会いやすい。話もしやすい。

よし、行こう。佐之助は、千勢の住む音羽町に向かって歩きだそうとした。

むっ。向こうから歩いてくる者に気づいて、左側にある小間物屋に、すばやく足を踏み入れた。いらっしゃいませ。明るい女の声がかけられる。

「なにかお捜しですか」

若い女が寄ってきた。眉を落としていないところから独り身なのはまちがいないが、落ち着いている雰囲気を醸しているのは、ひょっとしてこの店のあるじなのかもしれない。

「うむ、ちょっとな」

佐之助は棚の上に置かれた櫛を手に取り、暖簾越しに通りを見つめた。

「それは最高の櫛です。とても軽いんですけど、手にしっくりとなじむし、その象眼の細工もひじょうにすばらしいものです」

佐之助は一瞬、櫛に目をやった。確かにいい出来だ。あまり考えずに手にしたが、出来のよさは隠しようがなかったのか。

——来た。佐之助はあまり見つめすぎないように注意した。湯瀬と湯瀬が用心棒をつとめている男が、目の前を通りすぎていった。

「こいつはいくらだ」

「はい、二朱です」

出来のよさにくらべて、意外に安価に感じられた。

「安いな。もらおう」

佐之助は櫛を女に差しだした。

「ありがとうございます」

女がていねいに紙に包んでくれた。代を払って佐之助は受け取った。

「ありがとうございます。またお越しくださいませ」

佐之助は櫛を袂にしまいこんで店を出た。少し進み、路地に身をひそませる。

湯瀬ともう一人の男は志摩屋の前にいる。店を眺めていた。

あの男、なにをしに来やがった。

佐之助が目に力をこめることなく見続けていると、今度は町方があらわれた。

あれは樺山という町廻り同心だ。いつもの年老いた中間がうしろについている。湯瀬が樺山と話しだす。なにをしゃべっているのか。唇を読む術があるそうだが、それをもってしても遠すぎて駄目だろう。

樺山が中間を連れて、志摩屋に入っていった。湯瀬ともう一人はそれを見送った。

湯瀬たちはその場を少し動いただけだ。どうやら樺山が出てくるのを待っているようだ。

目の前を流れる仙台堀を、おそらく数十艘の荷船が往き来したあと、樺山が外に出てきた。志摩屋の奉公人と思える者も一緒だ。

奉公人が樺山と中間を先導するように歩きだした。樺山は湯瀬に声をかけるわけでもなく、奉公人のあとに続いている。

樺山たちと五間ばかりの距離をあけて、湯瀬たちが動きだす。つけはじめたのだ。

ほう。いったいなにをする気だ。

ちらりと千勢の面影がかすめていったが、佐之助は湯瀬がどこに行くのか、確かめる気になった。

奉公人に先導されている樺山たちが足をとめたのは、大きな屋敷の前だ。ここは向島だが、それほど奥まで来たわけではない。

小梅村だろう。佐之助は一軒の百姓家の陰でかがみこみ、雪駄を直すふりを装った。

樺山たちとのあいだには湯瀬たちをはさんでいるので、屋敷に近づくことはできない。

ただ、遠目で見ても、いかにもこのあたりにふさわしい屋敷に見えた。それほど古くはないようだが、かなり贅をこらした造りであるのがわかった。

惨劇の場となった玉島屋の別邸と、どこか雰囲気が似ている。

樺山と中間は、奉公人の案内でなかに入っていった。

そんなには待たなかった。足許で行列をつくっている蟻が、せいぜい二間ほど進んだ程度だった。樺山はあっけなく出てきた。

道を戻りはじめる。佐之助は背後に納屋があるのを見て取り、そこに体を入れた。馬くさいと思ったら、そばに年老いた馬がいた。いなきもせず、黒々とした瞳でいきなりやってきた男をじっと見ている。

賢そうな馬だな。佐之助が手をのばすと、馬は一瞬驚いて身を引きかけたが、すぐに害意がないのを見て取って、おとなしく鼻面をなでられはじめた。

樺山が通りすぎ、次いで湯瀬たちも前を行きすぎていった。湯瀬は自分のことにまったく気づいていない。今斬りかかったら、殺せるかもしれぬ。

いきなり馬がいななないた。佐之助の殺気を感じ取ったのだ。さすがに馬はさとい。

百姓家の者は今、野良に出ているだろう。家に人けは感じられない。佐之助は馬をなだめてから、納屋をあとにした。

湯瀬たちは、すでに一町近く先を歩いている。つける気はない。湯瀬たちの目的は、明らかにさっきの立派な屋敷だった。

佐之助は近づいていった。近くで見ると、感じていた以上に立派な建物であるのが知れた。柱や梁はほとんど見えていないが、かなり金をかけているのがわかった。そういう厚みのようなものが、建物からにじみ出ているのだ。安っぽい建物に醸せるものではない。

この屋敷はなんなのか。佐之助は檜皮葺《ひわだぶ》きの門の前に立って考えた。格子戸をあけて、なかに入る。

つやのある白い踏み石が建物まで続いている。佐之助は踏み石に導かれるように歩き、表の庭のほうにまわった。日光が降り注いでおり、庭はずいぶんと明るく感じられた。

濡縁にちょこんと座り、茶を喫している年寄りがいた。

「おや、どなたさまですか」

今日も佐之助は武家の格好をしている。年寄りの声は自然、ていねいなものになった。もともとそういう男なのかもしれない。経てきた年輪が、男を丸くさせているような気がする。

「ちょっと話をききたくて、まいった」

「さようですか。続けざまというのも珍しいな。お座りになりますか」

「すまぬ」

佐之助は刀を鞘ごと抜き取り、濡縁に腰をおろした。

「今、お茶をおだしします」

「いや、かまわんでくれ」

「そのくらいは礼儀ですからね」

背後の座敷に火鉢が置いてあり、その上で鉄瓶が湯気をあげていた。年寄りは身軽に立ち、茶をいれはじめた。

「どうぞ、お召しあがりください」

「ありがとう」

佐之助は茶托から湯飲みを取りあげた。どことなく甘みを帯びた香りがする。

「うまい」

一口飲んでいった。こくがあるのに後口《あとくち》がさわやかで、すっきりとした喉越しだ。

「さようですか。それはようございました」

「いい茶を飲んでいるな。おぬし、ここで一人、暮らしているのか」

「はい、さようで。気ままに暮らさせていただいています」

相当の金持ちの隠居だろう。

「名は？」

「はい、世兵衛《よへえ》と申します」

「しかしすごい家だな。おぬし、よほどの金持ちなんだな」

「いえ、まあ、さほどたいしたことはございません」

目の前に広がる庭は草木が豊かで、風にそよぐ風情がことのほか美しく見える。数多い庭石も風景に溶けこみ、渋い光沢が目にやさしく映る。

「ところで、お話とおっしゃいましたが」

「先ほど、町方が志摩屋の奉公人を連れてやってきたな。俺は大きな声でいえぬが、徒目付なのだ。番所と我らとの仲の悪さをおぬしが知っているかどうかわからぬが、俺たちには町方を監視する役目もある。あの町方役人は樺山というのだが、なにをきいていったか知りたい」

この出まかせを、世兵衛という隠居が信じたかどうか。

世兵衛は小さな笑みをつくっただけで、なにもいわなかった。

「たいしたことではございませんよ。石を見にまいられたのです」

「石？」

「そちらでございます」

世兵衛が指さす。やや紫がかった石で、苔が下に向かって川筋のように流れ落ちている感じが実にいい。

「これはなんという石だ。いいものだな」

「さすがですね。貴船石でございますよ」

きいたことはある。京の貴船神社近くの川底からとれる石で、相当高価なはずだ。同じ石がいくつかほかにもあった。

「この石のなにをきいたんだ」

「手前は志摩屋さんという運送屋と以前からつき合いがありまして、この庭石も石屋を通さず志摩屋さんからじかに入れてもらったのですけど、そのことにまちがいないか、御番所のお役人にはきかれました」

「なるほど」

同じ庭石は玉島屋の別邸にもあった。そのこととなにか関係しているのだろうか。

「おぬし、この屋敷にすっかりなじんでいるようだが、よそに出かけることはないのか」

世兵衛が笑う。子供のような笑顔だ。この笑いからしても、男が悪事に手を染めるような者でないのは明らかだ。世の中をまっとうに渡ってきた自信に満ちあふれている。

お天道さまに顔向けできないことをしていたら、この明るい笑顔は決してつくれるものではないだろう。

「手前は腰が悪くて、あまり出かけられないのですよ」

ややぼってりした感じの湯飲みを手に、世兵衛がいった。

「こうしてお茶を飲みながら庭を眺めるのがなにより好きですから、他出《たしゅつ》できないのはまったく苦になりません」

六

「握りはこれでいいのね」

お咲希が見せる。

「ええ、いいわ。前にもいったけれど、私が教わった流派では、小指と薬指が大事で、ほかの指に力を入れる必要はないの。それから肘を締めるようにして」

「そうすると脇も締まるんだよね」

千勢はにっこりと笑った。

「よく覚えていたわね」

「私ね、自慢じゃないけど、一度いわれたこと、忘れないんだよ」

「お咲希ちゃん、それを自慢というのよ」

へへっ、とお咲希も笑みをこぼす。舌をぺろりとだした。

千勢とお咲希がいるのは、護国寺裏の原っぱだ。二人は竹刀を手にしている。これは、剣の稽古をしたいというお咲希の気持ちに応えたものだ。そんなにびっくりするほど広々とした原っぱではないが、それでも優に百坪ほどの広さはあるだろう。剣の稽古をするのに、なんの不都合もない。

「じゃあ、こう構えて」

千勢は竹刀を正眼に持ってきた。

「こうね」

お咲希が真似をする。

「もっと背筋をのばして」

「はい」

お咲希がしゃきっとする。

「それでいいわ」

千勢は竹刀を振りかぶった。お咲希がならう。千勢は振りおろした。風を切る小気味いい音がする。

お咲希が続く。風を切る音はしたが、どこか間のびした感じは否めない。

「千勢さんと全然ちがう」

「それはそうよ。いきなり私と同じようにできたら、私のほうががっかりしてしまうわ。これまでの修行はなんだったの、ということになるから」

「ああ、そうよね」

お咲希が顔を向けてきた。

「私もがんばれば、千勢さんと同じ音をだせるようになるのよね」

「ええ、なるわ」

「そうしたら、おじいちゃんの仇、討てるかしら」

「えっ、お咲希ちゃん、旦那さまの仇を討つ気でいるの？」

「駄目？」

「うん、駄目よ。気持ちはわかるけど、危なすぎる」

「そう。ねえ、あの佐之助っておじさん、どうしているのかな」

「そうね、最近、顔を見せないわね」

「千勢さん、寂しそう」

「そうね、寂しいわ」

「あの佐之助さんがおじいちゃんの仇を討ってくれるのよね」

「ええ、そうよ。顔を見せないのは、きっとそっちのほうに力を入れすぎているからよ」

「そうよね」

「――お咲希ちゃん、続けましょう」

「はーい」

二人は再び竹刀を振りおろしはじめた。

稽古は半刻ほどで切りあげ、千勢たちは長屋への道をたどりはじめた。

「ねえ、千勢さん、顔を見ていかない？」

途中、お咲希がいった。誰の、と問うのはたやすかったが、千勢は頭をめぐらせた。

「ああ、水嶋栄一郎さまね。今どこにいらっしゃるの」

「この刻限なら道場よ」

お咲希が断言する。千勢は空を見た。七つをすぎたあたりだろう。栄一郎は漢学の塾に通っているとのことだが、それはきっともう終わっているのだろう。

千勢はお咲希に連れられるようにして高田《たかだ》四家《よつや》下町《したまち》にやってきた。

「あそこよ」

連子《れんじ》窓《まど》から、激しい気合や竹刀の打ち合う音、怒声などがきこえてくる。千勢はなつかしいものを感じた。

「やっぱり道場はいいわね」

「千勢さん、うれしそう。一緒にやりたそうね」

「うん、そうね。やっぱり血が騒ぐわ。——どれどれ」

千勢は連子窓から道場をのぞきこんだ。かなりはやっている道場のようだ。

面、胴、籠手で身をかためた男が三十人ほどいて、激しく打ち合っている。

千勢は栄一郎がどこにいるのか、目で捜した。十二というからそんなに大きくないはずだ。子供というほど幼い体つきでもないはずで、しかもお咲希の話からすると、道場の者からかなり目をかけられているようだ。

あの子ではないか。千勢は視線を当てた。

がっちりとした体格の門人を相手にしている体の小さな男がいる。竹刀のつかい方が俊敏で、足のさばきもたいしたものだ。大きな男のほうが腕は上だが、竹刀がなかなかまともに当たらない。

「あれが水嶋さまね」

千勢は指さした。お咲希が背のびして、見つめる。

「ええ、そうよ。さすがに千勢さんだ。顔が見えないのに、よくわかるわね」

「まかせて」

千勢は笑って胸を叩いた。

「やっぱりすごく筋がいいわ。見こまれているからこそ、あれだけびしびし鍛えられているのよ」

「本当？」

お咲希が、自分がほめられているかのように顔をほころばせる。頬が桃色に輝き、とみにかわいく見えた。

栄一郎は大きな門人に必死に食らいついている。追い越すまでにまだかなりのときがかかるだろうが、それはそんなにむずかしいことではないように思えた。三年後には、あの門人では相手ができなくなっているだろう。

やがて稽古が終わった。ありがとうございました、といって栄一郎が壁際に正座する。面を取った。

稽古が終わってほっとしているが、つらそうな顔はしていない。むしろ流れ出ている汗に、潑剌としたものが感じられる。

「とてもまっすぐな人ね」

「そうでしょ。それは私もわかるの」

「さすがにお咲希ちゃんだわ。男の人を見る目がすばらしい」

いいながら、千勢はお咲希がうらやましかった。どうしても佐之助のことを考えてしまう。どうして顔を見せないのか。こうまで会えないと、やはりなにかあったのではないかと心配になってくる。

汗をふき終えた栄一郎が帰り支度をはじめる。

「声をかけるの？」

「ううん、だって無理だもの」

「そう」

「千勢さん、おなかが空いた」

「お咲希ちゃん、もういいの？」

「うん、いいよ。千勢さん、帰ろう」

千勢はお咲希と手をつないだ。

「どこかで食べていこうか」

「本当？」

「だってお咲希ちゃん、おなかが空きすぎて私がつくるのを待ちきれないって顔をしているもの」

「えー、そんなことないよ。おなかが空きすぎているのは千勢さんのほうでしょ」

「ばれたか」

お咲希が魚を食べたいというので、二人は一膳飯屋に入った。一日の仕事を終えてきた職人や人足、浪人などで席は埋まっている。ほとんどの者が酒を飲んでいた。

二人は鳥の群れのなかに迷い込んだ鶴のように目立ってしまい、いくつもの好奇の視線にさらされたが、千勢よりむしろお咲希のほうが平気な顔をして座敷に座りこんだ。その仕草があまりに自然で、男たちもじろじろ見るようなことはすぐにしなくなった。

二人とも、鰺の塩焼きに飯、味噌汁、漬物を頼んだ。

待つほどもなく、小女が二つの膳を持ってきた。

「おいしそう」

「本当ね」

鰺は身がぷりぷりして、歯応えがあった。ほどよく脂がのって、ほんのりとした甘みが醤油によく合う。沼里では鰺が特にいいが、江戸の鰺も負けていない。

「おいしいね」

「うん、びっくりしちゃうくらい」

二人はすぐに平らげた。

「ああ、おいしかった」

お咲希が満足そうに箸を置く。千勢は茶を喫した。

二人は一膳飯屋を出た。日が暮れてゆく頃合で、行きかう人々の顔は見わけがたいものになっている。軒端《のきば》や路地などに黒々とした影がいくつもできて、暗さが明るさを圧倒しはじめている。

支配の領域をさらに大きくしようとしている闇から逃れるように、千勢たちもやや足早になった。

長屋へ着き、なかに入った。行灯を灯す。太陽にくらべれば頼りない光だが、闇に抗する力強さが感じられる。

「千勢さん、心配そうね」

布団を敷きはじめた千勢に、お咲希がいった。

「佐之助さん、どうして来ないのかしら」

「そうね」

千勢は枕を並べた。

「一緒になるの？」

「えっ」

どうだろうか。千勢は答えられない。無理だろうという気がしてならない。

「わからないわ」

「そう」

お咲希は残念そうだ。一緒になるという言葉をききたかったのかもしれない。

障子戸がかすかな音を立てた。風のいたずらのように思えたが、千勢は外に人の気配が立った気がした。

もしかしたら。胸を躍らせて障子戸をあけた。しかし、そこには誰もいなかった。長屋から漏れこぼれる明かりが、誰もいない路地を淡く浮かびあがらせているだけだ。

やっぱり風か。

千勢は障子戸を閉じかけて、手をとめた。なんとなく佐之助のにおいが漂っているように思える。

あの人は、と千勢は胸に手を当てた。今ここにいたのではないだろうか。

七

胸が痛い。実際に、手で押さえている。

佐之助は残念でならない。一緒になるの、とお咲希にきかれて千勢が、わからないと答えたことだ。

俺は殺し屋だ。そうである以上、千勢の答えは当たり前とは思うが、心にぽっかり穴ができてしまった。そのために、訪いを入れられなかった。

俺は、と佐之助は思った。こんなに弱い男だったのか。いや、前は決してそうではなかった。

俺は殺し屋だぞ。そういいきかせて、自らを奮い立たせる。こんなに弱気になっていったいどうする。

汚物にまみれたような体だが、千勢の顔を見ると、それが洗い流されるような気がしたものだ。昔のような男に戻れぬものだろうか。土木の技を身につけたいと願った頃の自分に。

千勢とともに暮らせれば、いずれ昔の自分を取り戻せるような気はする。そうなることを佐之助は夢見ている。

だが、千勢にはその気はないのか。いや、わからないといっただけだ。千勢は迷っているにすぎない。どんな大波が襲ってきても船が流されないような太い綱で、千勢の気持ちをがっちりとつながなければならない。

そのためにすべきことはただ一つ。利八の仇をなんとしても討たなくてはならない。


仙台堀から船影が絶えて久しい。夜おそくまで客を乗せた舟が行きかっていたが、さすがに九つをすぎた今は舟を見ることはない。

佐之助は上体を起こした。今いるのは、志摩屋の屋根の上だ。ほっかむりをし、股引に紺の足袋をはいている。

千勢の長屋からまっすぐやってきた。人目を盗んで一気に屋根にのぼったのだ。

ずっとここにいて、夜空を眺めたり、あたりを行きかう人たちを見ていたりした。そばに鉄製の槍のような忍び返しが設けられているが、佐之助にはそんなものは関係なかった。

しかしこれはなんなのか。佐之助は、少しこわばった感じの気配を先ほどから覚えている。なにから発されているのかずっと考えているのだが、明確な答えは得られていない。

忍びこんでしまえば、それがなにかわかるにちがいない。

頃合を計って佐之助は屋根をおり、中庭に出た。庭に沿って走る廊下には、ろうそくが明々と灯してある。

佐之助は廊下にあがろうとして、とどまった。むっ。顔をしかめる。起きている人がいる。しかも数名はいるようだ。

こわばった感じの気配は、この者たちが発していたのだ。何者だ。密談でもしているのだろうか。

佐之助は、人の気配が濃くしている部屋に近づいた。

一際明るい光が漏れている。話し声がするわけではなく、かたく引き締まった感じの気配だ。

わかった。これは用心棒ではないか。あるじの鑑造を警護しているのだ。

気配の濃さからして、ろくに遣えそうもない男たちではない。かなりの遣い手といっていい。鑑造の寝所を守っているのだ。

うしろ暗いことをしているのはわかっていたが、ここまでの備えをしているとは意外だった。しかも選び抜かれた用心棒がいるというのはよほどのことだ。鑑造というのは何者なのか。

さて、どうする。用心棒は六名ばかりいるようだ。六人を一度に相手にするのは、さすがにきつい。

縁側の陰に身をひそめて考えあぐねていたが、部屋の障子がいきなりあき、一人の男が廊下に出てきた。厠《かわや》に行ってくる、となかの仲間に告げた。なりは浪人そのものだ。

好機だった。佐之助は燭台の灯りが届かない暗闇を選んで歩き、浪人の背後についた。

厠は中庭のはずれに設けられている。扉をひらこうとしたところを、首筋に手刀をくれてやった。

鈍い音がして、男ががくりと膝を折る。地面に崩れ落ちる寸前、佐之助は抱きとめ、ずるずると引っぱって、植えこみの裏に横たえた。大小を抜き取り、縁の下に隠した。

男を殺すのはたやすかったが、ただ気絶しているだけだ。しかし、当分目を覚まさない程度の打撃は与えた。

もう一人が障子をあけて出てきた。

「三橋《みつはし》のやつ、長い小便だな。それとも小便じゃないのか」

男は着物の前をまさぐっている。同じように厠に行くようだ。

佐之助はこれも同じように気絶させた。

今度は二人が出てきた。

「なんで、厠に行ったきり、あいつら戻ってこないんだ」

「なにかあったのかな」

「だが妙な気配は感じんぞ」

「そうなんだがな」

ならんで歩いている二人は、ぶつぶついい合っている。

厠のそばまで来て、三橋、田川、と静かに呼びかけはじめた。小声なのは、奉公人たちをはばかっているようだ。

「いないな、どこに行ったのかな」

「まさか怠けているわけではなかろうな」

「いや、それはあるまいが、ちょっと捜してみるか」

「そうしよう」

二人は、中庭と店のほうをつないでいる小さな戸をあけた。この戸は一人ずつしか通り抜けられない。佐之助はその瞬間、一気に近づき、うしろの一人にまず当て身を食らわせた。前の男にも同じようにした。

気絶させた二人も植えこみの影に引きずっていった。これで四人。部屋にいるのは、あと二人だろう。

佐之助は部屋に向かって駆けた。障子は閉まっている。障子に影が浮かびあがることがないように気をつかい、慎重になかの気配を嗅ぐ。

なかの者はなにか静かに話し合っている。佐之助は呼吸を計り、障子戸を横に滑らせるや、一気に座敷に入りこんだ。

あっ。おっ。二人の男が声をあげる。刀は畳に置いてある。佐之助は刀を踏んづけ、手前の一人の腹に拳を叩きこんだ。それだけでは気絶せず、首筋に手刀を浴びせた。これで男は昏倒した。

もう一人は刀を引き抜こうとしていた。佐之助は顎に拳を叩きこんだ。手の骨が砕けたのではないかと思えるくらい痛かったが、その甲斐あって、男が声をあげずに畳に倒れこんだ。

これで六人全員を始末した。騒ぎをききつけた者がいないか佐之助は耳を澄ませたが、静かなもので、この部屋にやってくる者はいなかった。

佐之助はここまで刃物を一つもつかわなかった。これでいい。刃物で人を殺すのはたやすいが、体に染みついた血のにおいがどうしても取れなくなる。

用心棒たちがいたのは、八畳間だ。その奥に、しっかり閉じられている襖がある。

部屋から殺気らしいものが発されている。

どうやら目を覚ましたらしいな。

佐之助は大股に近づき、襖に手をかけた。勢いよくあける。

部屋は暗い。佐之助は一歩、踏みこんだ。

どうりゃあっ。光るものが横から突きだされたが、佐之助ははやさをまったく感じなかった。あっさりとよけ、足を飛ばした。

やわらかなものに足が当たり、息がつまるような声がきこえた。

両膝を畳についた男が、腹を押さえてもだえ苦しんでいる。佐之助の足は、あやまたず男の腹をとらえたのだ。手から匕首をもぎ取った佐之助は男の髷をつかみ、顔をあげさせた。

苦痛にゆがんだ醜い顔がそばにある。頰肉が厚く、かなり太っている。

「きさまが鑑造か」

佐之助は張り手を見舞った。肉を打つ重い音が響き、鑑造の頰が波打つように揺れる。

佐之助は鑑造の顔をのぞきこんだ。

「話をきかせてもらうぞ」

八

志摩屋が貴船石を納入した先は、ただの商家の隠居が住む屋敷だった。

あの隠居は悪さができる人じゃありませんよ、と富士太郎が教えてくれた。珠吉も同じ意見のようだ。富士太郎にも珠吉にも、人を見る目が確実に備わっている。その二人の言だ、まちがいないといわなければならない。

そのことを、直之進は登兵衛に報告した。さようですか、と登兵衛はいったが、やはり釈然としない顔をしていた。

直之進は眠れずにいる。布団に入ってからすでに一刻半ほどは経過しただろう。

　もうとうに九つはまわっているはずだ。八つに近いのではないか。こんな刻限まで眠れないというのは、そうあることではない。もともと寝つきはいいほうだ。

　なにかあるのを、肌が感じているのだろうか。

　そうかもしれない。弥五郎の葬儀のときのようなこともある。今回も、弥五郎がなにか教えに来ているのかもしれない。

　それにしても、と直之進は闇のなか、目を光らせて思った。弥五郎はいったいなにをつかんで、周蔵の手にかかったのか。

　またも手がかりが途切れたことに、直之進は苛立ちを覚えはじめている。弥五郎にはっきりと教えてくれ、とすがりたい気分だ。

　目を閉じた。眠らないと明日、なにもできなくなってしまう。

　しかし、どうしても駄目だ。

　直之進は布団を抜けた。刀架の刀を手に取り、引き抜いた。暗闇のなか、鈍色に光る刀身をじっと見る。畳の上で刀を正眼に構えた。刀をすっと持ちあげ、一気に振りおろす。

刀を振るっているうち、心が凪いできたのを感じた。

どうすれば周蔵や代之助の居どころをつかめるのか。刀を振るいつつ、考えはじめた。

志摩屋のことがやはり気になる。弥五郎が志摩屋に行ったのは、貴船石のことを気にしていたからだ。

貴船石というのが、周蔵たちとどんなつながりを持つのか。

さっぱりわからない。だが、と不意に気づいた。本当に志摩屋が貴船石をおさめ入れたのは、あの隠居の屋敷だけなのか。ほかにもあるのではないか。

貴船石というのは貴重な石らしく、志摩屋が納入したのはあの屋敷一軒きりと富士太郎もいっていたが、真実なのだろうか。

やはり一度、志摩屋のあるじに会ってみたい。そんな気に駆られた。

直之進はさらに考えようとした。この調子なら、ほかにもいろいろなことが思い浮かんできそうだった。

全身がじっとり汗ばんできた。無心になりすぎて、考えらしいものも浮かばなくなった。

むっ。手の動きをとめて、直之進は腰を落とした。

濃厚な殺気を感じる。どこから発せられているのか。この屋敷の外だ。これだけ強い気をだせるのは周蔵ではないか。

腰に両刀を帯びた直之進は廊下を進んで、登兵衛の部屋の前にやってきた。

「湯瀬どのか」

障子の向こうから声がかけられる。登兵衛の警護についている徳左衛門だ。

「徳左衛門どの、感じておられるな」

「むろん」

「外を見てまいるゆえ、登兵衛どのをよろしく頼む」

「承知した」

直之進は歩きだそうとした。湯瀬どの、と再び徳左衛門の声がした。

「用心されよ」

「十分に」

直之進は門のところまで行き、宿直の門衛にくぐり戸をあけるようにいった。

「俺が出たら、すぐに閉めてくれ」

「承知いたしました」

直之進は屋敷の外に出た。背後で門がおりる音がする。

どこにいる。

真っ暗だ。空に月はなく、星の瞬きも一切見えない。厚い雲が空を覆い尽くしているのだ。

直之進はすでに闇に目が慣れている。刀の鯉口を切り、襲われてもいつでも対処できる態勢は取っている。

殺気の強さは変わらない。直之進は殺気を目当てに、まるで鼻をきかせている犬のように歩を進めていった。

屋敷から一町ほど南に行ったところに、地蔵堂があるが、どうやらその陰から殺気は発せられているようだ。

直之進は慎重に近づいていった。本当にそこに周蔵がいるのか。ここで対決ということになるのか。望むところだった。

六間、五間、四間……。

地蔵堂まであと一間というところに来たとき、いきなり影が立ちあがった。

直之進はむろん驚くようなことはなく、抜刀するや斬りかかった。

「待て」

制止の声がかかる。

この声は。直之進は刀をとめた。

「ほう、さすがだな。一瞬できききわけるとは」

そこに立っているのは佐之助だ。ふっと小さく笑った。

「驚いてはくれたようだな」

「なんの真似だ」

「それは、殺気のことか、それとも俺がここにあらわれたことか」

「どちらでもかまわぬ」

「きさまと二人で話したくてな。一人で来てもらうのには、これが一番よい手立てだろう」

直之進は油断せず、刀を構えたままだ。

「しまったらどうだ」

「なんの用だ」

「しまったら話す」

見たところ、佐之助は丸腰に近い。せいぜい懐に匕首を飲んでいるくらいだろう。ただかすかに血のにおいがしているようだ。

「また誰か殺してきたのか」

「いや」

信じられなかったが、とにかく直之進は刀を鞘におさめた。

それでよいとばかりに佐之助がうなずく。

「湯瀬、周蔵の居場所を知りたくないか」

なんだと、と直之進は思った。

「きさま、知っているのか」

「まあな」

「どうやってつかんだ」

「それを知ってどうする。きさまには俺と同じ手立ては取れまい」

そうかもしれない。いくら怒りに駆られていても、手荒な真似はどうしてもできない。目の前の男はそうではない。人を殺すのも厭《いと》わない。

「湯瀬、ききたいか、ききたくないのか」

直之進は黙っている。

「答えんか。まあいい。教えてやる」

佐之助が場所を告げた。

「やつは本当にいるぞ。今から行ったほうがよかろう。あの男、勘がいいからはやく行かんと逃げだそう」

それはその通りだろう。

「だがどうして俺に。きさまも、利八どのの仇として追っていただろうが」

佐之助が微笑を漏らす。

「うぬのほうがうらみは深かろう。今回は譲ってやる」

「だがきさま、いったいどうやってその屋敷のことを知った」

「一つ教えてやる。きさまも会わねばならぬと思った男かもしれぬゆえ」

佐之助が口にした。

「志摩屋鑑造から……。きさま、志摩屋を殺したのだな」

「殺してなどおらぬ」

佐之助がきっぱりと否定する。

「志摩屋は自害した。目を離したつもりはなかったが、舌を嚙みやがった。血をとめようとしたが、なんの意味もなかった。四半刻ほどでやつは絶命した」

佐之助が唇を嚙んだ。

「もっとききたいことがあった。それだけは無念だ」

九

和四郎についてきてもらった。琢ノ介にも教えたかった。琢ノ介が来ても対決に役立つことはないが、自分が周蔵を討ち果たすところを見せてやりたかった。

だが、その前に本当にその屋敷に周蔵と代之助がいるのか、確かめなければならない。

「でもどうして、佐之助は教えに来たんでしょうか」

提灯を持って先導する和四郎がいう。

「まさか罠ってことは考えられませんか」

悦之進どのたちが殺られたようにか。一瞬、苦いものが喉を通り抜けていった。

「それはあるまい」

「どうしてです」

「俺を屠《ほふ》るのが目的なら、さっき殺《や》っていただろう。俺は一人だった。それに、佐之助が周蔵と組むわけがない」

佐之助は利八の仇を討つことで、千勢の気持ちを惹こうとしているように思える。

それがなぜ俺に譲ろうという気になったのか。まさか周蔵を恐れたわけではあるまい。俺に周蔵を殺させようが、自分で殺そうが、どちらにしろ利八の仇を討つことにはなる。そういうことなのか。周蔵の居場所を見つけてやり、それを教える。確かにすばらしい働きといえる。この佐之助の働きがなければ、俺はまだ周蔵の居場所を求めて、江戸の町を這いずりまわっていただろう。

だが、なんとなくそういうのはやつに似合わない気がする。

本当に恩返しなのかもしれんな。千勢の気を惹きたいという思いは強いのかもしれないが、侍としての矜持がまだ残っているということなのだろう。

「じきですよ」

田端村の登兵衛の屋敷から半刻ほどたったとき、和四郎がいった。

「提灯を消します」

息を鋭く吹く音がきこえ、次の瞬間、あたりは闇に包まれた。

二人は闇に目が慣れるのを待って、道を進んでいった。横を流れているのは大横川だ。さすがにこの刻限では、行きから舟は一艘も見えない。

橋を渡った。

「ここは？」

「確か、菊川橋といったと思います」

「きれいな名だな」

「本当ですね」

「菊は縁起の悪い花だといわれているな」

「ええ」

和四郎が言葉少なく答える。

「だが、縁起がいいともいわれているらしいんだ。是非とも、今日はそちらにしたいものだな」

「きっとなりますよ」

和四郎が気を奮いたたせるように声をだした。

武家屋敷にはさまれた道を東に進む。

「このあたりですよ」

和四郎が声をひそめていう。

「あの先に見えているのは、猿江の材木蔵ですよ。だだっぴろい火除地がありましてね」

直之進は闇に目を凝らした。

「あれかな」

材木蔵の手前に、高い塀に囲まれているらしい屋敷がある。

「どうやらそのようですね」

ふう、と直之進は息をついた。ついに周蔵と対面できる。胸が高鳴ってきて、痛いくらいだ。


股立《ももだ》ちをあげ、襷《たすき》をし、鉢巻《はちまき》もつけた。これで備えは万全だ。

東の空が白んできた。今、直之進は一人だ。和四郎には一刻ほど前、町奉行所に走ってもらった。もうとうに着き、捕り手を案内している頃ではないか、と思える。

よし、行くか。

直之進は気力がみなぎっている。やっと周蔵と相まみえることができる。対決の怖さなど微塵もない。やり合える喜びだけがある。

直之進は殺気をだすことがないように、心を落ち着けて歩を進めていった。

門の前に立つ。きれいな格子戸だ。なかの気配をうかがう。なにも感じない。

だが、佐之助は確かめたといった。やつはまちがいなくここにいる。まさか逃げたあとということはあるまい。

直之進は格子戸を蹴り倒した。木が砕ける激しい音が響き渡る。忍びこむつもりなど、はなからない。

直之進は母屋に向かって走った。入口からなかに駆けこむ。

どこにいる。直之進は襖を次々に蹴倒して進んだ。

廊下を駆けている足音がした。直之進はそちらに出た。

代之助だった。直之進とかち合うことになり、息をのんだ。体をひるがえそうとする。直之進は許さず、刀を振るった。刀は代之助の脇腹に入った。

骨の折れる音がきこえた。代之助は畳に突っ伏し、苦しがった。気絶させるつもりだったが、骨が折れたのではそれは無理だろう。だが、これなら当分、動けまい。

直之進は周蔵の姿を捜そうとした。

しかしその前に、横の襖のほうから強烈な殺気がわきあがり、襖を破って刀が突きだされた。直之進はかわし、刀を握り返した。襖に袈裟斬りを浴びせる。

真っ二つになった襖が、左右に割れて倒れてゆく。

そこにいるのは周蔵だ。

「よくここがわかったな」

周蔵が余裕の言葉を吐く。

「きさまの運も尽きたということさ」

直之進は踏みこみ、胴に刀を振った。周蔵が打ち返し、逆胴に刀を持ってきた。直之進は弾き、また胴を狙った。

周蔵はこれを避け、欄間《らんま》ぎりぎりに跳躍して刀を打ちおろしてきた。

直之進は負けずに刀を合わせていった。鉄の鳴る音がし、火花が散った。火花が頭に降りかかってきて熱さを感じたが、それは気のせいにすぎない。

直之進は刀をまた胴に振った。周蔵がうしろに下がってよける。

直之進はつけこみ、突きを繰りだした。周蔵が身を低くしてかわし、逆胴に刀を振りあげてきた。

直之進はがっちりと受けとめた。鍔《つば》迫《ぜ》り合いになる。間近に周蔵の顔がある。こんなときでもにやけているように見えた。

直之進は押した。周蔵が押されまいと力をこめる。さすがににやけ面は消えた。

直之進は不利を承知でうしろに飛んだ。周蔵がここぞとばかりに刀を上段から落としてくる。

直之進はぎりぎりで見極めた。恐怖で身が縮まる。鼻先を切っ先が通りすぎていった。

周蔵はまだ刀を戻せてない。直之進は深く踏みこみ、刀を胴に振るった。

周蔵は体のひねりだけでよけてみせた。直之進の刀が周蔵の体を切り裂くことにはならなかったが、周蔵の着物が切れた。肌にも少しだけ傷がついたようだ。

おのれっ。怒号して突っこんできた。

直之進は冷静だ。周蔵の刀がはっきり見えている。また見極めることができた。周蔵の斬撃をよけてから、刀を振るう。

また周蔵の体に傷ができた。くそう、という声が漏れる。

周蔵がちらりと視線を動かした。その先には代之助がもがき苦しんでいる。

周蔵が三歩ばかり横に動き、刀を前に突きだした。代之助の胸に突き刺さる。

代之助は驚いたように周蔵を見たが、それだけでがくりと首を落とした。まだ息絶えてはいないが、もはや動けないようだ。

「これで仮にきさまが俺を殺ったとしても、この先を手繰ることはできまい」

「ずいぶんと弱気ではないか」

「そうかな」

周蔵がにやりと笑う。

「おもしろいことをきかせてやる。秋穂の死に関することだ」

どうしていきなり秋穂のことを持ちだすのか。まさかこの男が殺したとでもいうのではあるまいな。そんなことがあるものなのか。

「その通りだよ。俺が秋穂を殺したんだ」

これは真実なのか。いや、ちがう。これは俺の頭に血をのぼらせるための策だ。そうにちがいない。

「俺はあの女を一目見たときから、いいと思っていた。思いをとげたくてならなかった。それでこの前の晩、忍びこんだ。手ごめにしようとしたが、その前に喉を突かれちまった。惜しいことをしたよ」

この男の言は真実だ。だから秋穂は唐突としか思えない死に方をしたのだ。琢ノ介は、生きる力にあふれているように思ったといっていた。実際、秋穂に悦之進のあとを追う気はなかったにちがいない。

「きさま」

さすがに頭に血がのぼった。気持ちの高ぶりを静めようとしたが、無駄だった。

もし周蔵をとらえていたら、秋穂は死なずにすんだのだ。

この男を野放しにしてしまったから……。

「どうして弥五郎を殺した」

「やつは探索の勘が異様に鋭くてな。だから殺した。それだけだ」

どれだけの人が、目の前の男に殺害されたか。直之進はここでどうしても始末をつけなければならぬ、と思った。

斬りかかった。周蔵が受け、体の力で押し返してきた。刀を振りおろしてくる。

間合が妙な感じになった。あの剣だ。手が先に出て、刀がおくれて出てくる剣。

直之進はとっさに下がった。

「臆病者め」

周蔵があざける。直之進は唇を嚙みしめた。

周蔵が再び刀を振りおろす。またあの剣だ。

直之進は逃げようかと思った。受けたらまずいという気がしてならない。だが、どんな剣なのか見極めなければ勝ち目はない。それに周蔵ごときに嘲笑されたくはない。死地に飛びこまねばこの男を倒すことはできない。逃げる者に神はほほえまない。

だから、あえて受けた。

重い衝撃が体を襲った。体がしびれている。

なんだ、これは。

周蔵がにやりと笑ったのが視野に入る。

刀が振りおろされる。直之進は刀を持ちあげようとしたが、腕が動かない。

かろうじてうしろに下がることで避けた。

周蔵が突きを浴びせてきた。まだ腕は自由にならない。これは膝を曲げて避けた。

だがそれは周蔵の狙い通りだったようだ。刀が上段から振られた。

直之進はうしろにはね跳ぼうとしたが、体は重く、うまく動いてくれなかった。鎖骨のそばの皮膚を薄く切られた。血が出てきたのがわかる。

どうする。どうすればいい。まだ体は重い。

動けない。このままでは殺られるのを待つだけだ。

だが、体が動かないのではどうにもならない。くそっ。直之進は唇を嚙もうとしたが、それすらもできなかった。

直之進はじりじりと横に動くことで、なんとかかわし続けたが、傷はひたすら増えてゆく。こんなに多くの傷をつけられたのは佐之助との死闘以来だ。

あのときはそれでも勝ったといえたが、今回は負けかもしれぬ。そんな弱気が胸をかすめてゆく。

直之進ははやく体が回復してくれることを願ったが、さすがに周蔵が自信を持つ秘剣だけにまったくもとに戻ろうとしない。

「とどめだ」

周蔵が宣し、刀を八双に構えた姿勢で直之進にすばやく近づこうとした。

それがどうしてか、つまずいた格好になった。直之進だけでなく周蔵も予期していなかったようだ。体勢を立て直そうとする。

だが、その隙に重い刀を投げ捨てた直之進は脇差を引き抜き、渾身の力をもって周蔵の首に突き立てた。すべての力をつかい果たした体はまるで大岩をのせられたようで、へたりこみたいくらいだ。

かろうじて立っていた直之進は息がつまった声をきいた。それが周蔵の口から漏れたものであるのは確かめるまでもない。本当は殺したくはなかったが、殺さざるを得なかった。仮にとらえたところで、周蔵も志摩屋鑑造と同じく舌を嚙むにちがいないのだ。

周蔵が畳に倒れこむ。どうして、という顔をしている。直之進にも、なぜ周蔵がつまずいたのかわからなかった。

いや、その理由はすぐに知れた。代之助だった。まだ生きていたのだ。手をのばし、周蔵の足を払ったのだ。

最期に代之助は笑った。ざまあみろ、と唇が動いたように見えた。


「傷は大丈夫か」

琢ノ介にきかれた。

「ああ、墓参りならできる」

「相変わらず頑丈だな」

「おぬしにいわれたくない」

寺のなかは静かだった。線香の煙が鼻先を漂ってゆく。

直之進たちは花を供えた。穏やかな陽射しに白さがよく映える。

「琢ノ介、これはなんていう花だ」

「わしにきくな。花を売っている者にきいたら、墓参りならこれでよいといわれた。それを買っただけだ」

「ふむ、おぬしらしいな。だがきれいだ。とても」

「そうだろう」

「これなら、みんな、喜んでくれよう」

目の前の墓は、中西悦之進や秋穂、そして矢板兵助たちのものだ。

直之進は手を合わせ、周蔵と代之助の死を報告した。このあとは弥五郎の墓に参るつもりでいる。

あたたかな風が流れ、直之進は気持ちがなごんだのを感じた。ふと、みんなの笑顔が見えたような気がした。いや、今、まちがいなく見えた。

もちろん、周蔵の死ですべてが終わったわけではない。まだ黒幕がいる。

この作品は双葉文庫のために書き下ろされました。

双葉文庫

す-08-08

口入屋用心棒《くちいれやようじんぼう》
手向《たむ》けの花《はな》

2007年7月20日　第1刷発行
2021年7月9日　第14刷発行

【著者】
鈴木英治《すずきえいじ》

【発行者】
箕浦克史
【発行所】
株式会社双葉社
〒162-8540 東京都新宿区東五軒町3番28号
[電話] 03-5261-4818(営業)　03-5261-4833(編集)
www.futabasha.co.jp
(双葉社の書籍・コミックが買えます)
【印刷所】
株式会社新藤慶昌堂
【製本所】
株式会社若林製本工場

【表紙・扉絵】南伸坊
【フォーマット・デザイン】日下潤一
【フォーマットデジタル印字】飯塚隆士

ISBN978-4-575-66289-4 C0193
Printed in Japan

秋山香乃
からくり文左　江戸夢奇談
風牙ゆる
長編時代小説
〈書き下ろし〉
入れ歯職人の桜屋文左は、からくり師としても類まれな才能を持つ。その文左が、八百八町を震撼させる難事件に直面する。シリーズ第一弾。

秋山香乃
からくり文左　江戸夢奇談
黄昏に泣く
長編時代小説
〈書き下ろし〉
文左の剣術の師にあたる徳兵衛が失踪した日の夕刻、文左と同じ町内に住む大工が、酷い姿で堀に浮かぶ。シリーズ第二弾。

芦川淳一
似づら絵師事件帖
喧嘩長屋のひなた侍
時代小説
〈書き下ろし〉
駿河押川藩を出奔して江戸に出てきた桜木真之助は、定廻り同心に似顔絵を頼まれたことから事件に巻き込まれる。シリーズ第一弾。

井川香四郎
洗い屋十兵衛　江戸日和
逃がして候
長編時代小説
〈書き下ろし〉
やむにやまれぬ事情を抱えたあなたの人生、洗い直します——素浪人、月丸十兵衛の人情闇裁き。書き下ろし連作時代小説シリーズ第一弾。

井川香四郎
洗い屋十兵衛　江戸日和
恋しのぶ
長編時代小説
〈書き下ろし〉
辛い過去を消したい男と女にも、明日を生きる道は必ずある。我が子への想いを胸に秘めて島抜けした男の覚悟と哀切。シリーズ第二弾。

井川香四郎
洗い屋十兵衛　江戸日和
遠い陽炎
長編時代小説
〈書き下ろし〉
今度ばかりは洗うわけにはいかない。番頭風の男は、十兵衛に大盗賊・雲切仁左衛門と名乗ったのだ……。好評シリーズ第三弾。

井川香四郎
金四郎はぐれ行状記
大川桜吹雪《おおかわさくらふぶき》
時代小説
〈書き下ろし〉
日本橋堺町の一角にある芝居町をねぐらにする遊び人で、後年名奉行と謳われることになる遠山金四郎の若き日々を描くシリーズ第一弾。

井川香四郎
金四郎はぐれ行状記
仇《あた》の風
時代小説〈書き下ろし〉
薬種問屋の一人娘が拐かされた。身代金の受け渡しをかってでた金四郎だが、まんまと千両を奪われてしまう…。好評シリーズ第二弾。

池波正太郎
熊田十兵衛の仇討ち
時代小説短編集
熊田十兵衛は父を闇討ちした山口小助を追って仇討ちの旅に出たが、苦難の旅の末に……。表題作ほか十一編の珠玉の短編を収録。

池波正太郎
元禄一刀流
時代小説短編集〈初文庫化〉
相戦うことになった道場仲間、一学と孫太夫の運命を描く表題作など、文庫未収録作品七編を収録。細谷正充編。

稲葉稔
影法師冥府《めいふ》葬《おく》り
父子《おやこ》雨情《うじょう》
長編時代小説〈書き下ろし〉
父を暴漢に殺害された青年剣士・宇佐美平四郎は、師と仰ぐ平山行蔵とともに先手御用掛として、許せぬ悪を討つ役目を担うことになった。

乾荘次郎
谷中下忍党
長編時代小説〈書き下ろし〉
江戸の谷中でひそかに生きる伊賀下忍・佐仲太が、父・服部半蔵の遺命を胸に母の仇討ちへと出立する。双葉文庫初登場作品。

岡田秀文
本能寺六夜物語
連作時代短編集
本能寺の変より三十年後に集められた、事件に深く関わる六人は何を知っていたのか!? 第21回小説推理新人賞受賞作家の受賞後第一作。

近衛龍春
闇の風林火山
謀殺の川中島
長編時代小説〈書き下ろし〉
忍者・霧丸は武田に滅ぼされた諏訪家再興のため、武田晴信の側室・湖舞姫の息子四郎勝頼を武田家の頭領にしようと。シリーズ第一弾！

近衛龍春
闇の風林火山
謀略の三方ヶ原
長編時代小説〈書き下ろし〉
武田勝頼は高遠城代となった。ついに天下取りを狙う武田軍は三方ヶ原で織田、徳川連合軍と激突！　著者渾身のシリーズ第二弾。

佐伯泰英
居眠り磐音《いわね》　江戸双紙
陽炎《かげろう》ノ辻
長編時代小説〈書き下ろし〉
直心影流の達人坂崎磐音が巻き込まれた、幕府を揺さぶる大事件！　颯爽と悪を斬る、著者渾身の痛快時代小説！　大好評シリーズ第一弾。

佐伯泰英
居眠り磐音《いわね》　江戸双紙
寒雷《かんらい》ノ坂
長編時代小説〈書き下ろし〉
内藤新宿に待ち受けていた予期せぬ大騒動。深川六間堀で浪々の日々を送る好漢・坂崎磐音が振るう直心影流の太刀捌き！シリーズ第二弾。

佐伯泰英
居眠り磐音《いわね》　江戸双紙
花芒《はなすすき》ノ海
長編時代小説〈書き下ろし〉
安永二年、初夏。磐音にもたらされた国許、豊後関前藩にたちこめる、よからぬ風聞。亡き友の想いを胸に巨悪との対決の時が迫る。シリーズ第三弾。

佐伯泰英
居眠り磐音《いわね》　江戸双紙
雪華《せっか》ノ里
長編時代小説〈書き下ろし〉
許婚、奈緒を追って西海道を急ぐ直心影流の達人、坂崎磐音。その前に立ち塞がる異形の僧……。大好評痛快時代小説シリーズ第四弾。

佐伯泰英
居眠り磐音《いわね》　江戸双紙
龍天《りゅうてん》ノ門
長編時代小説〈書き下ろし〉
相も変らぬ浪人暮らしの磐音だが、正月早々、江戸を震撼させた大事件に巻き込まれる。大好評痛快時代小説シリーズ第五弾。

佐伯泰英
居眠り磐音《いわね》　江戸双紙
雨降《あふり》ノ山
長編時代小説〈書き下ろし〉
夏を彩る大川の川開きの当日、花火見物の納涼船の護衛を頼まれた磐音は、思わぬ女難に見舞われる。大好評痛快時代小説シリーズ第六弾。

佐伯泰英　居眠り磐音《いわね》江戸双紙　狐火《きつねび》ノ杜《もり》　長編時代小説〈書き下ろし〉

両替商・今津屋のはからいで紅葉狩りにでかけた磐音一行は、不埒な直参旗本衆に付け狙われる。大好評痛快時代小説シリーズ第七弾。

佐伯泰英　居眠り磐音《いわね》江戸双紙　朔風《さくふう》ノ岸　長編時代小説〈書き下ろし〉

南町奉行所年番方与力に請われて、磐音は江戸を騒がす大事件に関わることに。居眠り剣法が春風に舞う。大好評痛快時代小説シリーズ第八弾。

佐伯泰英　居眠り磐音《いわね》江戸双紙　遠霞《えんか》ノ峠　長編時代小説〈書き下ろし〉

奉公にでた幸吉に降りかかる災難。一方、豊後関前藩の物産を積んだ一番船が江戸に向かう。大好評痛快時代小説シリーズ第九弾。

佐伯泰英　居眠り磐音《いわね》江戸双紙　朝虹《あさにじ》ノ島　長編時代小説〈書き下ろし〉

炎暑が続く深川六間堀。楊弓場の朝次から、行方知れずの娘芸人を捜してくれと頼まれた坂崎磐音は……。大好評痛快時代小説シリーズ第十弾。

佐伯泰英　居眠り磐音《いわね》江戸双紙　無月《むげつ》ノ橋　長編時代小説〈書き下ろし〉

秋の深川六間堀、愛刀包平の研ぎを頼んだことで思わぬ騒動に。穏やかな磐音の人柄に心が和む、大好評痛快時代小説シリーズ第十一弾。

佐伯泰英　居眠り磐音《いわね》江戸双紙　探梅《たんばい》ノ家　長編時代小説〈書き下ろし〉

雪が舞う深川六間堀、金兵衛長屋の浪人坂崎磐音は御府内を騒がす押し込み探索に関わり……。大好評痛快時代小説シリーズ第十二弾。

佐伯泰英　居眠り磐音《いわね》江戸双紙　残花《ざんか》ノ庭　長編時代小説〈書き下ろし〉

水温む江戸の春、日暮里界隈に横行する美人局騒ぎで、坂崎磐音は同心木下一郎太を手助けすることに。大好評痛快時代小説シリーズ第十三弾。

佐伯泰英

居眠り磐音《いわね》　江戸双紙

夏燕《なつつばめ》ノ道

長編時代小説
〈書き下ろし〉

両替商今津屋の老分番頭由蔵らと日光社参に随行することになった磐音だが、出立を前に思わぬ事態が出来する。大好評シリーズ第十四弾。

佐伯泰英

居眠り磐音《いわね》　江戸双紙

驟雨《しゅうう》ノ町

長編時代小説
〈書き下ろし〉

助力の礼にと招かれた今津屋吉右衛門らの案内役として下屋敷に向かった磐音は、父正睦より予期せぬことを明かされる。大好評シリーズ第十五弾。

佐伯泰英

居眠り磐音《いわね》　江戸双紙

螢火《ほたるび》ノ宿《しゅく》

長編時代小説
〈書き下ろし〉

小田原脇本陣・小清水屋の長女お香奈と大塚左門が厄介事に巻き込まれる。一方、白鶴太夫にも思わぬ噂が……。大好評シリーズ第十六弾。

佐伯泰英

居眠り磐音《いわね》　江戸双紙

紅椿《べにつばき》ノ谷

長編時代小説
〈書き下ろし〉

菊花薫る秋、両替商・今津屋吉右衛門とお佐紀の祝言に際し、花嫁行列の案内役を務めることになった磐音だが……。大好評シリーズ第十七弾。

佐伯泰英

居眠り磐音《いわね》　江戸双紙

捨雛《すてびな》ノ川

長編時代小説
〈書き下ろし〉

坂崎磐音と品川柳次郎は南町奉行所定廻り同心・木下一郎太に請われ、賭場の手入れに関わることに……。大好評シリーズ第十八弾。

佐伯泰英

居眠り磐音《いわね》　江戸双紙

梅雨《ばいう》ノ蝶

長編時代小説
〈書き下ろし〉

佐々木玲圓道場改築完成を間近に控えたある日、坂崎磐音と南町奉行所定廻り同心・木下一郎太は火事場に遭遇し……。大好評シリーズ第十九弾。

佐伯泰英

居眠り磐音《いわね》　江戸双紙

野分《のわき》ノ灘《なだ》

長編時代小説
〈書き下ろし〉

墓参のため、おこんを同道して豊後関前への帰国を願う父正睦の書状が届く。一方、磐音を狙う新たな刺客が現れ……。大好評シリーズ第二十弾。

佐伯泰英
居眠り磐音《いわね》　江戸双紙
鯖雲《さばぐも》ノ城
長編時代小説〈書き下ろし〉
御用船の舳先に立つ磐音とおこんは、断崖に聳える白鶴城を望んでいた。折りしも、関前でよからぬ事が出来し……。大好評シリーズ第二十一弾。

佐伯泰英
居眠り磐音《いわね》　江戸双紙
荒海《あらうみ》ノ津《つ》
長編時代小説〈書き下ろし〉
豊後関前を発った坂崎磐音とおこんは、福岡藩の御用達商人、箱崎屋次郎平の招きに応えて筑前博多に辿り着く。大好評シリーズ第二十二弾。

坂岡真
照れ降れ長屋風聞帖
大江戸人情小太刀
長編時代小説〈書き下ろし〉
江戸堀江町、通称「照れ降れ町」の長屋に住む浪人、浅間三左衛門。疾風一閃、富田流小太刀の妙技が人の情けを救う。シリーズ第一弾。

坂岡真
照れ降れ長屋風聞帖
残情十日の菊
長編時代小説〈書き下ろし〉
浅間三左衛門と同じ長屋に住む下駄職人の娘に舞い込んだ縁談の裏に、高利貸しの暗躍が。富田流小太刀で救う江戸模様。シリーズ第二弾。

坂岡真
照れ降れ長屋風聞帖
遠雷雨燕《えんらいあまつばめ》
長編時代小説〈書き下ろし〉
孝行者に奉行所から贈られる「青緡五貫文」。そのために遊女にされた女が心中を図る。裏には町役の企みが。好評シリーズ第三弾。

坂岡真
照れ降れ長屋風聞帖
富《とみ》の突留札《つきどめふだ》
長編時代小説〈書き下ろし〉
突留札の百五十両が、おまつ達に当たった。用心棒を頼まれた浅間三左衛門は、換金した帰り道で破落戸に襲われる。好評シリーズ第四弾。

坂岡真
照れ降れ長屋風聞帖
あやめ河岸
長編時代小説〈書き下ろし〉
浅間三左衛門の投句仲間で定廻り同心に戻った八尾半四郎が、花魁・小紫にからんだ魚問屋の死の真相を探る。好評シリーズ第五弾。

坂岡真　照れ降れ長屋風聞帖　子授け銀杏《いちょう》　長編時代小説〈書き下ろし〉

境内で腹薬を売る浪人、田川頼母の死体が川に浮いた。事件の背景を探る浅間三左衛門の怒りが爆発する。好評シリーズ第六弾。

坂岡真　照れ降れ長屋風聞帖　仇《あ》だ桜　長編時代小説〈書き下ろし〉

幕府の役人が三人斬殺されたが、浅間三左衛門には犯人の心当たりがあった。三左衛門の過去の縁に桜花が降りそそぐ。シリーズ第七弾。

翔田寛　影踏み鬼　短編時代小説集

第22回小説推理新人賞受賞作家の力作。若き戯作者が耳にした誘拐劇の恐るべき顛末とは？　表題作ほか、人間の業を描く全五編を収録。

鈴木英治　口入屋用心棒　逃げ水の坂　長編時代小説〈書き下ろし〉

仔細あって木刀しか遣わない浪人、湯瀬直之進は、江戸小日向の口入屋・米田屋光右衛門の用心棒として雇われる。好評シリーズ第一弾。

鈴木英治　口入屋用心棒　匂い袋の宵　長編時代小説〈書き下ろし〉

湯瀬直之進が口入屋の米田屋光右衛門から請けた仕事は、元旗本の将棋の相手をすることだったが……。好評シリーズ第二弾。

鈴木英治　口入屋用心棒　鹿威《ししおど》しの夢　長編時代小説〈書き下ろし〉

探し当てた妻千勢から出奔の理由を知らされた直之進は、事件の鍵を握る殺し屋、倉田佐之助の行方を追うが……。好評シリーズ第三弾。

鈴木英治　口入屋用心棒　夕焼けの甍《いらか》　長編時代小説〈書き下ろし〉

佐之助の行方を追う直之進は、事件の背景にある藩内の勢力争いの真相を探る。折りしも沼里城主が危篤に陥り……。好評シリーズ第四弾。

鈴木英治

口入屋用心棒

春風《はるかぜ》の太刀

長編時代小説〈書き下ろし〉

深手を負った直之進の傷もようやく癒えはじめた折りも折り、米田屋の長女おあきの亭主甚八が事件に巻き込まれる。好評シリーズ第五弾。

鈴木英治

口入屋用心棒

仇討ちの朝

長編時代小説〈書き下ろし〉

倅の祥吉を連れておあきが実家の米田屋に戻った。そんな最中、千勢が勤める料亭・料永に不吉な影が忍び寄る。好評シリーズ第六弾。

鈴木英治

口入屋用心棒

野良犬の夏

長編時代小説〈書き下ろし〉

湯瀬直之進は米の安売りの黒幕島丘伸之丞を追う的場屋登兵衛の用心棒として、田端の別邸に泊まり込むが……。好評シリーズ第七弾。

高橋三千綱

右京之介助太刀始末

お江戸は爽快

晴朗長編時代小説

颯爽たる容姿に青空の如き笑顔。何処からともなく現れた若侍が、思わぬ奇策で悪を懲らしめる。痛快無比の傑作時代活劇見参!!

高橋三千綱

右京之介助太刀始末

お江戸の若様

晴朗長編時代小説

五年ぶりに江戸に戻った右京之介、放浪先での事件が発端で越前北浜藩の抜け荷に絡む事件に巻き込まれる。飄々とした若様の奇策とは?!

高橋三千綱

右京之介助太刀始末

お江戸の用心棒（上）

長編時代小説 文庫オリジナル

右京之介に国元からやってくる鈴姫の警護を頼もうとしていた柏原藩江戸留守居役の福田孫兵衛だが、なぜか若様の片棒を担ぐ羽目に。

高橋三千綱

右京之介助太刀始末

お江戸の用心棒（下）

長編時代小説 文庫オリジナル

弥太が連れてきた口入れ屋井筒屋から、女辻占い師の用心棒をしてほしいと頼まれた右京之介は、その依頼の裏に不穏な動きを察知する。

千野隆司
主税助《ちからのすけ》捕物暦
夜叉追い
長編時代小説〈書き下ろし〉
江戸市中に難事件が勃発した。鏡心明智流免許皆伝の定町廻り同心・主税助が探索に奔る。端正にして芳醇な新捕物帳！ シリーズ第一弾。

千野隆司
主税助《ちからのすけ》捕物暦
天狗斬り
長編時代小説〈書き下ろし〉
島送りの罪人を乗せた唐丸駕籠が何者かに襲われ、捕縛に向かった主税助の前に本所の大天狗と怖れられる浪人の姿が……。シリーズ第二弾。

千野隆司
主税助《ちからのすけ》捕物暦
麒麟《きりん》越え
長編時代小説〈書き下ろし〉
「大身旗本の姫を知行地まで護衛せよ」が奉行から命じられた別御用だった。攫われた姫を追って敵の本拠地・麒麟谷へ！シリーズ第三弾。

千野隆司
主税助《ちからのすけ》捕物暦
虎狼《ころう》舞い
長編時代小説〈書き下ろし〉
火事騒ぎに紛れて非道を働いた悪党を討ち伏せたのは、甘味処の主人宇吉だった。果たして、その正体は……。好評シリーズ第四弾。

築山桂
銀杏《いちょう》屋敷捕物控
初雪の日
長編時代小説〈書き下ろし〉
銀杏屋敷と呼ばれる旗本屋敷の庭で人の手首が見つかった。奉公人のお鶴は事件に興味を持ち、探索に関わることに……。シリーズ第一弾。

築山桂
銀杏《いちょう》屋敷捕物控
葉陰の花
長編時代小説〈書き下ろし〉
二十年前に市中を騒がせた盗賊「疾風の多門」一味が再び江戸に現れた。銀杏屋敷の姉妹にはこの一味との因縁が……。シリーズ第二弾。

鳥羽亮
華町源九郎江戸暦
はぐれ長屋の用心棒
長編時代小説〈書き下ろし〉
気侭な長屋暮らしに降ってわいた五千石のお家騒動。鏡新明智流の遣い手ながら、老いを感じ始めた中年武士の矜持を描く。シリーズ第一弾。

鳥羽亮　はぐれ長屋の用心棒　父子凧《おやこだこ》　長編時代小説〈書き下ろし〉

俊之助に栄進話が持ち上がり、喜びに包まれる華町家。そんな矢先、俊之助と上司の御納戸役が何者かに襲われる。好評シリーズ第九弾。

鳥羽亮　子連れ侍平十郎　上意討ち始末　長編時代小説

陸奥にある萩野藩を二分する政争に巻き込まれた、下級武士・長岡平十郎の悲哀と反骨をリリカルに描いた、シリーズ第一弾！

鳥羽亮　子連れ侍平十郎　江戸の風花　長編時代小説

上意を帯びた討手を差し向けられた長岡平十郎。下級武士の意地を通すため脱藩し、江戸に向かった父娘だが。シリーズ第二弾！

鳥羽亮　剣狼秋山要助　秘剣風哭　連作時代小説〈文庫オリジナル〉

上州、武州の剣客や博徒から鬼秋山、喧嘩秋山と恐れられた男の、孤剣に賭けた凄絶な人生を描く、これぞ「鳥羽時代小説」の原点。

花家圭太郎　無用庵日乗《にちじょう》　上野不忍無縁坂《うえのしのばず》　長編時代小説〈書き下ろし〉

魚問屋の隠居・雁金屋治兵衛は、馬庭念流の遣い手・田代十兵衛と意気投合し、隠宅である無用庵に向かう。シリーズ第一弾。

花家圭太郎　無用庵日乗《にちじょう》　乱菊慕情　長編時代小説〈書き下ろし〉

湯治からの帰り道、雁金屋治兵衛は草相撲で五人抜きに挑戦する若者と出会い、江戸相撲に入門させようと連れ帰るが。シリーズ第二弾。

藤井邦夫　知らぬが半兵衛手控帖　姿見橋　長編時代小説〈書き下ろし〉

「世の中には知らん顔をした方が良いことがある」と嘯く、北町奉行所臨時廻り同心白縫半兵衛が見せる人情裁き。シリーズ第一弾。

藤井邦夫

知らぬが半兵衛手控帖
投《な》げ文《ぶみ》

長編時代小説〈書き下ろし〉

かどわかされた呉服商の行方を追ううちに浮かび上がる身内の思惑。北町奉行所臨時廻り同心白縫半兵衛が見せる人情裁き。シリーズ第二弾。

藤井邦夫

知らぬが半兵衛手控帖
半化粧《はんげしょう》

長編時代小説〈書き下ろし〉

鎌倉河岸で大工の留吉を殺したのは、手練れの辻斬りと思われた。探索を命じられた半兵衛の前に、女が現れる。好評シリーズ第三弾。

藤井邦夫

知らぬが半兵衛手控帖
辻斬り

長編時代小説〈書き下ろし〉

神田三河町で金貸しの夫婦が殺され、自供をもとに取り立て屋のおときが捕縛されたが、不審なものを感じた半兵衛は……。シリーズ第四弾。

藤井邦夫

知らぬが半兵衛手控帖
乱れ華《ばな》

長編時代小説〈書き下ろし〉

凶賊・土蜘蛛の儀平に裏をかかれた北町奉行所臨時廻り同心・白縫半兵衛は内通者がいると睨んで一か八かの賭けに出る。シリーズ第五弾。

藤原緋沙子

藍染袴《あいぞめばかま》お匙帖
風光る

時代小説〈書き下ろし〉

医学館の教授方であった父の遺志を継いで治療院を開いた千鶴が、御家人の菊池求馬とともに難事件を解決する。好評シリーズ第一弾！

藤原緋沙子

藍染袴《あいぞめばかま》お匙帖
雁渡《かりわた》し

時代小説〈書き下ろし〉

押し込み強盗を働いた男が牢内で死んだ。牢医師も務める町医者千鶴の見立ては、鳥頭による毒殺だったが……。好評シリーズ第二弾！

藤原緋沙子

藍染袴《あいぞめばかま》お匙帖
父子雲《ちちこぐも》

時代小説〈書き下ろし〉

シーボルトの護衛役が自害した。長崎で医術を学んでいたころ世話になった千鶴は、シーボルトが上京すると知って……。シリーズ第三弾！

藤原緋沙子
紅《あか》い雪　藍染袴《あいぞめばかま》お匙帖
時代小説〈書き下ろし〉
千鶴の助手を務めるお道の幼馴染み、おふみが許嫁の松吉にわけも告げず、吉原に身を売った。千鶴は両親のもとに出向く。シリーズ第四弾！

細谷正充・編
大江戸事件帖　時代推理小説名作選
時代小説　アンソロジー
仁木悦子の犯人当てから、笹沢左保の股旅物まで、七人の作家が描く、さまざまな味わいの傑作時代ミステリー短編集。

松本賢吾
片恋十手　はみだし同心人情剣
長編時代小説〈書き下ろし〉
南町奉行所内与力の神永駒次郎は、員数外のはぐれ者だが、大岡越前の直轄で捜査を行う重要な役割をになっていた。シリーズ第一弾。

松本賢吾
忍恋《しのぶこい》十手　はみだし同心人情剣
長編時代小説〈書き下ろし〉
吉宗の御落胤を騙る天一坊が大坂に現れた。事態を危惧する大岡忠相に調査を命じられた駒次郎の活躍は!?　好評シリーズ第二弾！

松本賢吾
悲恋十手　はみだし同心人情剣
長編時代小説〈書き下ろし〉
花見客の騒動をきっかけに、大盗賊雲切仁左衛門の手掛かりを掴んだ駒次郎は、恋敵の渥美喜十郎とともに奔走する。好評シリーズ第三弾！

松本賢吾
仇恋《あだこい》十手　はみだし同心人情剣
長編時代小説〈書き下ろし〉
阿片中毒患者が火盗改に斬られる事件が、三件続く。江戸の街を阿片で混乱させる一味に挑む駒次郎が窮地に！　好評シリーズ第四弾！

松本賢吾
女郎蜘蛛　八丁堀の狐
長編時代小説〈書き下ろし〉
女犯坊主が、鎧通を突き立てられて殺された。北町奉行所与力・狐崎十蔵、人呼んで「八丁堀の狐」が、許せぬ悪を裁く。シリーズ第一弾！